活的丰盈

郭沫若 著

重庆出版集团 重庆出版社

图书在版编目（CIP）数据

活的丰盈 / 郭沫若著. — 重庆：重庆出版社，2023.3
ISBN 978-7-229-17314-2

Ⅰ.①活… Ⅱ.①郭… Ⅲ.①散文集—中国—现代 Ⅳ.① I266

中国版本图书馆 CIP 数据核字 (2022) 第 238912 号

活的丰盈
HUO DE FENGYING

郭沫若　著

责任编辑：何　晶　阚天阔
策　　划：白　翎　玉　儿
责任校对：唐云沄
装帧设计：璞茜设计

重庆出版集团
重庆出版社 出版

重庆市南岸区南滨路 162 号 1 幢　邮政编码：400061　http://www.cqph.com
观见文化工作室制版
天津行知印刷有限公司印刷
重庆出版集团图书发行有限公司发行
E-MAIL:fxchu@cqph.com　邮购电话：023-61520646
全国新华书店经销

开本：880mm×1230mm　1/32　印张：9　字数：190 千
2023 年 3 月第 1 版　2023 年 3 月第 1 次印刷
ISBN 978-7-229-17314-2
定价：46.00 元

如有印装质量问题，请向本集团图书发行有限公司调换：023-61520678

版权所有　侵权必究

目 录
CONTENTS

(一) 万物有灵

白鹭 /2

夕暮 /4

墓 /5

白发 /6

水墨画 /7

路畔的蔷薇 /8

山茶花 /9

杜鹃 /10

小麻猫 /12

银杏 /18

芍药及其他 /21

丁东 /24

石榴 /27

鸡雏 /29

寄生树与细草 /35

羊 /36

芭蕉花 /38

孤山的梅花 /42

蚯蚓 /55

大象与苍蝇 /61

大山朴 /63

小皮箧 /65

鸡之归去来 /72

驴猪鹿马 /85

(二) 阅读、创作给我带来生活的乐趣

卖书 /88

竹阴读画 /92

梅园新村之行 /99

写在菜油灯下 /102

梦与现实 /105

我们的文化 /108

我的散文诗（四题） /113

游湖 /116

我是中国人 /122

菩提树下 /154

雨 /159

浪花十日 /164

影子 /186

冷与甘 /191

昧爽　/193

诗歌与音乐　/197

(三)
留下痕迹,
成了岁月,
成了回忆

重庆值得留恋 /200

忆成都 /202

初访蓝家庄 /204

向着乐园前进 /207

长沙哟,再见! /209

飞雪崖 /211

在梅兰芳同志长眠榻畔的一刹那 /220

鲁迅与王国维 /222

访沈园 /236

致宗白华(节选) /241

论郁达夫 /244

悼闻一多 /256

罗曼·罗兰悼词 /260

痛失人师 /263

亦石真正死了吗？ /265

悼江村 /268

今屈原 /270

螃蟹的憔悴——纪念邢桐华君 /272

一支真正的钢笔——在邹韬奋先生追悼会上的讲演辞 /275

断线风筝——纪念于立忱女士 /278

(一) 万物有灵

白鹭

　　白鹭是一首精巧的诗。

　　色素的配合，身段的大小，一切都很适宜。

　　白鹤太大而嫌生硬，即使如粉红的朱鹭或灰色的苍鹭，也觉得大了一些，而且太不寻常了。

　　然而白鹭却因为它的常见，而被人忘却了它的美。

　　那雪白的蓑毛，那全身的流线型结构，那铁色的长喙，那青色的脚，增之一分则嫌长，减之一分则嫌短，素之一忽则嫌白，黛之一忽则嫌黑。

　　在清水田里，时有一只两只白鹭站着钓鱼，整个的田便成了一幅嵌在玻璃框里的画面。田的大小好像是有心人为白鹭设计的镜匣。

　　晴天的清晨，每每看见它孤独地站立于小树的绝顶，看来像是不安稳，而它却很悠然。这是别的鸟很难表现的一种嗜好。人们说它是在望哨，可它真是在望哨吗？

　　黄昏的空中偶见白鹭的低飞，更是乡居生活中的一种恩惠。那是清澄的形象化，而且具有生命了。

或许有人会感到美中不足,白鹭不会唱歌。但是白鹭本身不就是一首很优美的歌吗?

——不,歌未免太铿锵了。

白鹭实在是一首诗,一首韵在骨子里的散文诗。

夕暮

　　我携着三个孩子在屋后草场中嬉戏着的时候,夕阳正烧着海上的天壁,眉痕的新月已经出现在鲜红的云缝里了。

　　草场中牧放着的几条黄牛,不时曳着悠长的鸣声,好像在叫它们的主人快来牵它们回去。

　　我们的两只母鸡和几只鸡雏,先先后后地从邻寺的墓地里跑回来了。

　　立在厨房门内的孩子们的母亲向门外的沙地上撒了一握米粒出来。

　　母鸡们咯咯咯地叫起来了,鸡雏们也啁啁地争食起来了。

　　——"今年的成绩真好呢,竟养大了十只。"

　　欢愉的音波,在金色的暮霭中游泳。

墓

　　昨朝我一人在松林里徘徊，在一株老松树下戏筑了一座沙丘。

　　我说，这便是我自己的坟墓了。

　　我便拣了一块白石来写上了我自己的名字，把来做了墓碑。

　　我在墓的两旁还移种了两株稚松把它伴守。

　　我今朝回想起来，又一人走来凭吊。

　　但我已经走遍了这莽莽的松原，我的坟墓究竟往那儿去了呢？

　　啊，死了的我昨日的尸骸哟，哭墓的是你自己的灵魂，我的坟墓究竟往哪儿去了呢？

白发

许久储蓄在心里的诗料,今晨在理发店里又浮上了心来了。——

你年轻的,年轻的,远隔河山的姑娘哟,你的名姓我不曾知道,你恕我只能这样叫你了。

那回是春天的晚上罢?你替我剪了发,替我刮了面,替我盥洗了,又替我涂了香膏。

你最后替我分头的时候,我在镜中看见你替我拔去了一根白发。

啊,你年轻的,年轻的,远隔河山的姑娘哟,漂泊者自从那回离开你后又漂泊了三年,但是你的慧心替我把青春留住了。

1925 年 10 月 20 日

水墨画

天空一片灰暗,没有丝毫的日光。

海水的蓝色浓得惊人,舐岸的微波吐出群鱼喋嚅的声韵。

这是暴风雨欲来时的先兆。

海中的岛屿和乌木的雕刻一样静凝着了。

我携着中食的饭匣向沙岸上走来,在一只泊系着的渔舟里面坐着。

一种淡白无味的凄凉的情趣——我把饭匣打开,又闭上了。

回头望见松原里的一座孤寂的火葬场。红砖砌成的高耸的烟囱口上,冒出了一笔灰白色的飘忽的轻烟……

路畔的蔷薇

　　清晨往松林里去散步，我在林荫路畔发现了一束被人遗弃了的蔷薇。蔷薇的花色还是鲜艳的，一朵紫红，一朵嫩红，一朵是病黄的象牙色中带着几分血晕。

　　我把蔷薇拾在手里了。

　　青翠的叶上已经凝集着细密的露珠，这显然是昨夜被人遗弃了的。

　　这是可怜的少女受了薄幸的男子的欺绐？还是不幸的青年受了轻狂的妇人的玩弄呢？

　　昨晚上甜蜜的私语，今朝的冷清的露珠……

　　我把蔷薇拿到家里来了，我想找个花瓶来供养它。

　　花瓶我没有，我在一只墙角上寻着了一个断了颈子的盛酒的土瓶。

　　——蔷薇哟，我虽然不能供养你以春酒，但我要供养你以清洁的流泉，清洁的素心。你在这破土瓶中虽然不免要凄凄寂寂地飘零，但比遗弃在路旁被人践踏了的好罢？

山茶花

昨晚从山上回来，采了几串茨实、几簇秋楂、几枝蓓蕾着的山茶。

我把它们插在一个铁壶里面，挂在壁间。

鲜红的楂子和嫩黄的茨实衬着浓碧的山茶叶——这是怎么也不能描画出的一种风味。

黑色的铁壶更和苔衣深厚的岩骨一样了。

今早刚从熟睡里醒来时，小小的一室中漾着一种清香的不知名的花气。

这是从什么地方吹来的呀？原来铁壶中投插着的山茶，竟开了四朵白色的鲜花！啊，清秋活在我壶里了！

杜鹃

杜鹃,敝同乡的魂,在文学上所占的地位,恐怕任何鸟都比不上。

我们一提起杜鹃,心头眼底便好像有说不尽的诗意。

它本身不用说,已经是望帝的化身了。有时又被认为薄命的佳人,忧国的志士;声是满腹乡思,血是遍山踯躅;可怜,哀惋,纯洁,至诚……在人们的心目中成为了爱的象征。这爱的象征似乎已经成为了民族的感情。

而且,这种感情还超越了民族的范围,东方诸国大都受到了感染。例如日本,杜鹃在文学上所占的地位,并不亚于中国。

然而,这实在是名实不符的一个最大的例证。

杜鹃是一种灰黑色的鸟,毛羽并不美,它的习性专横而残忍。

杜鹃是不营巢的,也不孵卵哺雏。到了生殖季节,产卵在莺巢中,让莺替它孵卵哺雏。雏鹃比雏莺大,到将长成时,甚至比母莺还大。鹃雏孵化出来之后,每将莺雏挤出巢外,任它啼饥号寒而死，它自己独霸着母莺的哺育。莺受鹃欺而不自知，辛辛苦苦地哺育着比自己还大的鹃雏，真是一件令人不平、令人流泪的情景。

想到了这些实际，便觉得杜鹃这种鸟大可以作为欺世盗名者的标本了。然而，杜鹃不能任其咎。杜鹃就只是杜鹃，它并不曾要求人把它认为佳人、志士。

人的智慧和莺也相差不远，全凭主观意象而不顾实际，这样的例证多的是。

因此，过去和现在都有无数的人面杜鹃被人哺育着。将来会怎样呢？莺虽然不能解答这个问题，人是应该解答而且能够解答的。

1936年春

小麻猫

一

我素来是不大喜欢猫的。

原因是在很小的时候,有一天清早醒来,一伸手便抓着枕边的一小堆猫粪。

猫粪的那种怪酸味,已经是难闻的;让我的手抓着了,更使得我恶心。

但我现在,在生涯已经走过了半途的目前,却发生了一个心理转变。

二

重庆这座山城老鼠多而且大,有的朋友说:其大如象。

去年暑间,我们住在金刚坡下面的时候,便买了一只小麻猫。

雾期到了,我们把它带进了城来。

小麻猫虽然稚小,却很矫健。

夜间关在房里，因为进出无路，它爱跳到窗棂上去，穿破纸窗出入。破了又糊，糊了又破，不知道费了多少事。但因它爱干净，捉鼠的本领也不弱，人反而迁就了它，在一个窗格上特别不糊纸，替它设下布帘。然而小麻猫却不喜欢从布帘出入，总爱破纸。

在城里相处了一个月，周围的鼠类已被肃清，而小麻猫突然不见了。

大家都觉得可惜，我也微微有些惜意：因为恨猫究竟没有恨老鼠厉害。

三

小麻猫失掉，隔不一星期光景，老鼠又猖獗了起来，只得又在城里花了十五块钱买了一只白花猫。

这只猫颇臃肿，背是弓的。说是兔子倒像些，却又非常的濡滞。

这白花猫倒有一种特长，便是喜欢吃馒头，因此我们呼之为"北京人"。

"北京人"对于老鼠取的是互不侵犯主义。我甚至有点替它担心，怕的是老鼠有一天要不客气起来，竟会侵犯到它的身上去的。

四

就在我开始替"北京人"担心的时候，大约也就是小麻猫失掉后已经有一个月的光景，一天清早我下床后，小麻猫突然在我脚下缠绵起来了。

——啊，小麻猫回来了！它不知道是什么时候回来了的。

家里人很高兴，小麻猫也很高兴，它差不多对于每一个人都要去缠绵一下，对于以前它睡过的地方也要去缠绵一下。

它是瘦了，颈上和背上都拴出了一条绳痕，左侧腹的毛烧黄了一大片。

使小麻猫受了这样委屈的一定是邻近的人家，拴了一月，以为可以解放了，但它一被解放，却又跑回了老家。

五

小麻猫虽然瘦了，威风却还在。它一回到老家来依然觉得自己是主人，把"北京人"看成了侵入者。

"北京人"起初和它也有点敌忾，但没几秒钟就败北了，反而怕起它来。

相处日久之后，小麻猫和"北京人"也和睦了，简直就跟兄弟一样——我说它们是兄弟，因为两只都是雄猫。

它们戏玩的时候，真是天真，相抱，相咬，相追逐，真比一对小人儿还要灵活。

就这样使那濡滞的"北京人"也活跃起来了，渐渐地失掉了它的兔形，即恢复了猫的原状。

跳窗的习惯，小麻猫依然是保存着的。经它这一领导，"北京人"也要跟着来，起先试练了多少次，便失败了多少次，不久公然也跳成功了。

三间居室的纸窗,被这两位选手跳进跳出,跳得大框小洞;冬风也和它们在比赛,实在有些应接不暇。

人是更会让步的,索性在各间居室的门脚下剜了一个方洞,以便于猫们进出。这事情我起初很不高兴,因为既不雅观,又不免依然替冷风开了路,不过我的抗议是在洞已剜成之后,自然是枉然的。

六

小麻猫回来之后,又相处了有一个月的光景,然而又失掉了。

但也奇怪,这一次大家似乎没有前一次那样地觉得可惜。

大约是因为它的回来是一种意外的收获,失掉也就只好听其自然了吧。

更好在"北京人"已被训练成为了真正的猫,而不再是兔子了。

老鼠已经不再跋扈,这更减少了人们对于小麻猫的思慕。

小麻猫大概已被人带到很远很远的地方去了吧,它是怎么也不会回来的了。——人们也偶尔淡淡地这样追忆,或谈说着。

七

可真是出人意外,小麻猫的再度失去已经六七十天了,山城一遇着晴天便已感觉着炎暑的五月,而它突然又回来了。

这次的回来是在晚上,因为相离得太久,对人已经略略有点胆怯。

但人们喜欢过望,特别的爱抚它。我呢?我是把几十年来对猫厌恶的心理,完全克服了。

我感觉着,我深切地感觉着:我接触着了自然的最美的一面。

我实在是受了感动。

回来时我们正在吃晚饭,我拈了一些肉皮来喂它,这假充鱼肚的肉皮,小麻猫也很欢喜吃。我把它的背脊抚摩了好些次。

我却发现了它的两条前腿的胁下都受了伤。前腿被人用麻绳之类的东西套着,把双方胁部的皮都套破了,伤口有两寸来长,深到使皮下的肉猩红地露出。

我真禁不住要对残忍无耻的两脚兽提出抗议。盗取别人的猫已经是罪恶,对于无抵抗的小动物加以这样无情的虐待,更是使人愤恨。

八

盗猫的断然是我们的邻居:因为小麻猫失去了两次都能够回来,就在这第二次的回来之后都不安定,接连有两晚上不见踪影,很可能是它把两处都当成了它的家。

今天是第二次回来的第四天了,此刻我看见它很平安地睡在我常坐的一个有坐褥的藤椅上。我不忍惊动它。

昨天晚上我看见它也是在家里的,大约它总不会再回到那虐待它的盗窟里去了吧。

九

我实在感触着了自然的最美的一面,我实在消除了我几十年来的厌猫的心理。

我也知道,食物的好坏一定有很大的关系,盗猫的人家一定吃得不大好,而我们吃的要比较好一些——至少时而有些假充鱼肚骗骗肠胃。

待遇的自由与否自然也有关系。

但我仍然感觉着,这里有令人感动的超乎物质的美存在。

猫失了本不容易回来,小麻猫失了两次都回来了,而它那前次的依依,后次的胆怯都是那么的通乎人性。而且——似乎更人性。

我现在很关心它,只希望它的伤早好,更希望它不要再被人捉去。

连"北京人"我也感觉着一样的可爱了。

我要平等的爱护它们,多多让它们吃些假充鱼肚。

银杏

银杏，我思念你，我不知道你为什么又叫公孙树。但一般人叫你是白果，那是容易了解的。

我知道，你的特征并不专在乎你有这和杏相仿佛的果实，核皮是纯白如银，核仁是富于营养——这不用说已经就足以为你的特征了。

但一般人并不知道你是有花植物中最古的先进，你的花粉和胚珠具有着动物般的性态，你是完全由人力保存了下来的奇珍。

自然界中已经是不能有你的存在了，但你依然挺立着，在太空中高唱着人间胜利的凯歌。

你这东方的圣者，你这中国人文的有生命的纪念塔，你是只有中国才有呀，一般人似乎也并不知道。

我到过日本，日本也有你，但你分明是日本的华侨，你侨居在日本大约已有中国的文化侨居在日本的那样久远了吧。

你是真应该称为中国的国树的呀，我是喜欢你，我特别的喜欢你。

但也并不是因为你是中国的特产，我才特别的喜欢，是因为你美，你真，你善。

你的株干是多么的端直，你的枝条是多么的蓬勃，你那折扇形的叶片是多么的青翠，多么的莹洁，多么的精巧呀！

在暑天你为多少的庙宇戴上了巍峨的云冠，你也为多少的劳苦人撑出了清凉的华盖。

梧桐虽有你的端直而没有你的坚牢；

白杨虽有你的葱茏而没有你的庄重。

熏风会媚妩你，群鸟时来为你欢歌；上帝百神——假如是有上帝百神，我相信每当皓月流空，他们会在你脚下来聚会。

秋天到来，蝴蝶已经死了的时候，你的碧叶要翻成金黄，而且又会飞出满园的蝴蝶。

你不是一位巧妙的魔术师吗？但你丝毫也没有令人掩鼻的那种的江湖气息。

当你那解脱了一切，你那槎枒的枝干挺撑在太空中的时候，你对于寒风霜雪毫不避易。

那是多么的嶙峋而又洒脱呀，恐怕自有佛法以来再也不曾产生过像你这样的高僧。

你没有丝毫依阿取容的姿态，但你也并不荒伧；你的美德像音乐一样洋溢八荒，但你也并不骄傲；你的名讳似乎就是"超然"，你超在乎一切的草木之上，你超在乎一切之上，但你并不隐遁。

你的果实不是可以滋养人，你的木质不是坚实的器材，就是你的落叶不也是绝好的引火的燃料吗？

可是我真有点奇怪了：奇怪的是中国人似乎大家都忘记了你，而且忘记得很久远，似乎是从古以来。

我在中国的经典中找不出你的名字，我很少看到中国的诗人咏赞你的诗，也很少看到中国的画家描写你的画。

这究竟是怎么一回事呀，你是随中国文化以俱来的亘古的证人，你不也是以为奇怪吗？

银杏，中国人是忘记了你呀，大家虽然都在吃你的白果，都喜欢吃你的白果，但的确是忘记了你呀。

世间上也尽有不辨菽麦的人，但把你忘记得这样普遍，这样久远的例子，从来也不曾有过。

真的啦，陪都不是首善之区吗？但我就很少看见你的影子；为什么遍街都是洋槐，满园都是幽加里树呢？

我是怎样的思念你呀，银杏！我可希望你不要把中国忘记吧。

这事情是有点危险的，我怕你一不高兴，会从中国的地面上隐遁下去。

在中国的领空中会永远听不着你赞美生命的欢歌。

银杏，我真希望呀，希望中国人单为能更多吃你的白果，总有能更加爱慕你的一天。

芍药及其他

芍药

昨晚往国泰后台去慰问表演《屈原》的朋友们,看见一枝芍药被抛弃在化妆桌下,觉得可惜,我把它拣了起来。

枝头有两朵骨朵,都还没有开。这一定是为屈原制花环的时候被人抛弃了的。

在那样杂沓的地方,幸好是被抛在桌下没有被人践踏呀。

拿回寓里来,剪去了一节长梗,在菜油灯上把切口烧了一会,便插在我书桌上的一个小巧的白瓷瓶里。

清晨起来,看见芍药在瓶子里面开了。花是粉红,叶是碧绿,颤巍巍地向着我微笑。

4月12日

水石

水里的小石子,我觉得,是最美妙的艺术品。

那圆融,滑泽,和那多种多样的形态,花纹,色彩,恐怕是人力以上的东西吧。

这不必一定要雨花台的文石，就是随处的河流边上的石碛都值得你玩味。

你如蹲在那有石碛的流水边上，肯留心向水里注视，你可以发现一个光怪陆离的世界。

那个世界实在是绚烂、新奇，然而却又素朴、谦抑，是一种极有内涵的美。

不过那些石子却不好从水里取出。

从水里取出，水还没有干时，多少还保存着它的美妙。待水分一干，那美妙便要失去。

我感觉着，多少体会了艺术的秘密。

4月12日

石池

张家花园的怡园前面有一个大石池，池底倾斜，有可供人上下的石阶，在初必然是凿来做游泳池的。但里面一珠水也没有。因为石缝砌得严密，也没有进出一株青草，蒸出一钱苔痕。

我以前住在那附近，偶尔去散散步，看见邻近驻扎的军队有时也就在池底上操练。这些要算是这石池中的暂时飞来的生命的流星了。

有一次敌机来袭，公然投了一个燃烧弹在这石池里面，炸碎几面石板，烧焦了一些碎石。

弹坑并不大,不久便被人用那被炸碎了的碎石填塞了。石池自然是受了伤,带上了一个瘢痕。

再隔不许久,那个瘢痕却被一片片青青的野草遮遍了。

石池中竟透出了一片生命的幻洲。

4月26日晨

母爱

这幅悲惨的画面,我是永远也不会忘记的。是三年前的"五三"那一晚,敌机大轰炸,烧死了不少的人。

第二天清早我从观音岩上坡,看见两位防护团员扛着一架成了焦炭的女人尸首。

但过细看,那才不只一个人,而是母子三人焦结在一道的。

胸前抱着的是个还在吃奶的婴儿,腹前蜷伏着的又是一个,怕有三岁光景吧。

母子三人都成了骸炭,完全焦结在一道。

但这只是骸炭吗?

1942年4月30日晨

丁东

我思慕着丁东——

可是并不是那环佩的丁东,铁马的丁东,而是清洌的泉水滴下深邃的井里的那种丁东。

清洌的泉水滴下深邃的井里,井上有大树罩荫,让你在那树下盘旋,倾听着那有节奏的一点一滴,那是多么清永的凉味呀!

古时候深宫里的铜壶滴漏在那夜境的森严中必然曾引起过同样的感觉,可我不曾领略过。

在深山里,崖壑幽静的泉水边,或许也更有一番逸韵沁人心脾,但我小时并未生在山中,也从不曾想过要在深山里当一个隐者。

因此我一思慕着丁东,便不免要想到井水,更不免要想到嘉定的一眼井水。

住在嘉定城里的人,怕谁都知道月儿塘前面有一眼丁东井的吧。井旁有榕树罩荫,清洌的水不断地在井里丁东。

诗人王渔洋曾经到过嘉定,似乎便是他把它改为了方响洞的。是因为井眼呈方形?还是因为井水的声音有类古代的乐器"方响"?或许是双关二意吧?

但那样的名称,哪有丁东来得动人呢?

我一思慕着丁东,便不免要回想着这丁东井。

小时候我在嘉定城外的草堂寺读过小学。我有一位极亲密的学友就住在丁东井近旁的丁东巷内。每逢星期六,城里的学生是照例回家过夜的,傍晚我送学友回家,他必然要转送我一程,待我再转送他,他必然又要转送。像这样的辗转相送,在那昏黄的街道上也可以听得出那丁东的声音。

那是多么隽永的回忆呀,但不知不觉地也就快满四十年了。相送的友人已在三十年前去世,自己的听觉也在三十年前早就半聋了。

无昼无夜地我只听见有苍蝇在我耳畔嗡营,无昼无夜地我只感觉有风车在我脑中旋转,丁东的清澈已经被友人带进坟墓里去了。

四年前我曾经回过嘉定,却失悔不应该也到过月儿塘,那儿是完全变了。方响洞依然还存在,但已阴晦得不堪。我不敢挨近它去,我相信它是已经死了。

我愿意谁在我的两耳里注进铁汁,让这无昼无夜嗡营着的苍蝇,无昼无夜旋转着的风车都一道死去。

然而清冽的泉水滴下深邃的井里,井上有大树罩荫;你能在那树下盘旋,倾听着那一点一滴的声音,那是多么清永的凉味呀!

我永远思慕着丁东。

1942 年 10 月 30 日

石榴

五月过了，太阳增加了它的威力，树木都把各自的伞盖伸张了起来，不想再争妍斗艳的时候；有少数的树木却在这时开起了花来。石榴树便是这多数树木中的最可爱的一种。

石榴有梅树的枝干，有杨柳的叶片，奇崛而不枯瘠，清新而不柔媚，这风度实兼备了梅柳之长，而舍去了梅柳之短。

最可爱的是它的花，那对于炎阳的直射毫不避易的深红色的花。单瓣的已够陆离，双瓣的更为华贵，那可不是夏季的心脏吗？

单那小茄形的骨朵已经就是一种奇迹了。你看它逐渐翻红，逐渐从顶端整裂为四瓣，任你用怎样犀利的劈刀也都劈不出那样的匀称，可是谁用红玛瑙琢成了那样多的花瓶儿，而且还精巧地插上了花？

单瓣的花虽没有双瓣者的豪华，但它却更有一段妙幻的演艺，红玛瑙的花瓶儿由希腊式的安普剌变为中国式的金罍，殷、周时古味盎然的一种青铜器。博古家所命名的各种锈彩，它都是具备着的。

你以为它真是盛酒的金罍吗？它会笑你呢。秋天来了，它对于自己的戏法好像忍俊不禁地，破口大笑起来，露出一口的皓齿。那样透明光嫩的皓齿你在别的地方还看见过吗？

我本来就喜欢夏天。夏天是整个宇宙向上的一个阶段，在这时使人的身心解脱尽重重的束缚。因而我更喜欢这夏天的心脏。

有朋友从昆明回来，说昆明石榴特别大，籽粒特别丰腴，有酸甜两种，酸者味更美。

禁不住唾津的潜溢了。

1942 年 10 月 31 日

鸡雏

七年前的春假,同学 C 君要回国的前一晚上,他提着一只大网篮来,送了我们四只鸡雏。

鸡雏是孵化后还不上一个月的,羽毛已渐渐长出了,都是纯黑的。四只中有一只很弱。C 君对我们说:

——"这只很弱的怕会死,其余的三只是不妨事的。"

我们很感谢 C 君。那时候决心要好好保存着他的鸡雏,就如像我们保存着对他的记忆一样。

嗳,离了娘的鸡雏,真是十分可怜。它们还不十分知道辨别食物呢。因为没有母鸡的呼唤,不怕就把食物喂养它们,它们也不大肯进食。最可怜的是黄昏要来的时候,它们想睡了,但因为没有娘的抱护,便很凄切地只是一齐叫起来。听着它们那啾啾的声音,就好像在茫茫旷野之中听见迷路孤儿啼哭着的一样哀惨。啊,它们是在黑暗之前战栗着,是在恐怖之前战栗着。无边的黑暗之中,闪着几点渺小的生命的光,这是多么危险!

鸡雏养了四天,大约是 C 君回到了上海的时候了。很弱的一只忽然不见了。我们想，这怕是 C 君的预言中了罢？但我们四处寻觅它的尸骸，却始终寻不出。啊，消灭了。无边的黑暗之中消灭了一点微弱的光。

又到第六天上来，怕是 C 君回到他绍兴的故乡的时候了。午后，我们在楼上突然听见鸡雏的异样的叫声。急忙赶下楼来看时，看见只有两只鸡雏张皇飞遁着，还有一只又不见了。但我们仔细找寻时，这只鸡雏却才窒塞在厨房门前的鼠穴口上，颈管是咬断了的。我们到这时才知道老鼠会吃鸡雏，前回的一只不消说也是被老鼠衔去的了。一股凶恶的杀气满了我们小小的住居，我们的脆弱的灵魂隐隐受着震撼。

啊，消灭了，消灭了。无边的黑暗之中又消灭了一点微弱的光。

叹息了一阵，但也无法去起死回生。我们只好把剩下的两只鸡雏藏好在大网篮里，在上面还蒙上一张包单。我们以为这样总可以安全了，嗳，事变真出乎意外。当我们正在缓缓上楼，刚好走到楼门口的时候，又听着鸡雏的哀叫声了。一匹尺长的老鼠从网篮中跳了出来，鸡雏又被它咬死了一匹。啊，这令人战栗的凶气！这令人战栗的杀机！我们都惊愕得不能说话了。在我们小小的住居之中，一匹老鼠便制造出了一个恐怖时代！

啊，齿还齿，目还目，这场冤仇不能不报！

我们商量着，当下便去买了一只捕鼠的铁笼，还买了些"不要猫"的毒药。一只鸡腿被撕下来挂在铁笼的钩上了。我们把铁笼放在鼠穴旁边，把剩下的一只鸡雏随身带上楼去。

拨当！发机的一声惊人的响声！

哈哈！一只尺长的大鼠关在铁笼里面了，眼睛黑得亮晶晶地可怕，身上的毛色已经翻黄，好像鼬鼠一样。你这仓皇的罪囚！你这恐怖时代的张本人！毕竟也有登上断头台的时候！

啊，我那时的高兴，真是形容不出，离鸡雏之死不上两个钟头呢。

我把铁笼提到海边上去。海水是很平静的，团团的夕阳好像月光一样稳定在玫瑰色的薄霞里面。

我把罪囚浸在海里了，看它在水里苦闷。我心中的报仇欲满足到了高潮，我忍不住抿口而笑。真的，啊，真的！我们对于恶徒有什么慈悲的必要呢？那么可怜无告的孤儿，它杀了一只又杀一只，杀气的疯狂使人也生出了战栗。我们对于这样的恶徒有什么慈悲的必要呢？

老鼠死了，我把它抛到海心去了。恶徒的报应哟！我掉身回去，夕阳好像贺了我一杯喜酒，海水好像在替我奏着凯歌。

回到家来，女人已在厨中准备晚餐了。剩下的一只鸡雏只是啾啾地在她脚下盘绕。一只鹞形的母鸡，已经在厨里的一只角落上睡着了。

——"真对不住 C 君呢。"我的女人幽幽地对我这样说。

——"但也没法，这是超出乎力量以上的事情。"我说着走到井水旁边去洗起我的手。

——"真的呢,那第二次真使我惊骇了,我们这屋子里就是现在也还充满着杀气。"

——"我把那东西沉在海里的时候可真是高兴了。我的力量增加了百倍,我好像屠杀了一条毒龙。我起先看着它在水里苦闷,闷死了,我把它投到海心里去了。啊,老鼠这东西真可恶,要打坏地基,要偷吃米粮,要传播病菌,还要偷杀我们的鸡雏!……"

饭吃过后,我的女人在屋角的碗橱旁边做米团。

——"毒药放进了吗?"

她低着声说,"不要大声,说穿了不灵。"

我看见她从橱中取出几粒绿幽幽的黄磷来放在米团的心里。那种吸血的凄光,令我也抖擞了一下。啊,凶暴的鼠辈哟,你们也要知道人的威力了!

第二天早晨,我下楼打开后面窗户的时候,看见那只鹬形的母鸡——死在后庭里面了。

——"哦呀,这是怎么的!你昨晚上做的米团放在什么地方的呀?"

我的女人听见了我的叫声,赶着跑下了楼来。她也呆呆地看着死在庭里的母鸡。

——"呀!"她惊呼着说,"厨房门还关得上好的,它怎么钻出来了呢?米团我是放在这廊沿下面的。"她说着俯身向廊下去看,我也俯下去了。廊下没有米团,却还横着一只死鼠。

"它究竟是怎么钻出来的呢?"我的女人还在惊讶着说。

我抬头望着厨房里的一堵面着后庭的窗子,窗子是开着的。

啊,谁个知道那堵导引光明的窗口,才是引到幽冥的死路呢!

我一手提着一只死鼠,一手提着一只死鸡,踏着晓露又向海边走去。路旁的野草是很青翠的,一滴滴的露珠在草叶上闪着霓虹的光彩,在我脚下零散。

海水退了潮了。砂岸恢复了人类未生以前的平莹,昨晚的一场屠杀没有留下一些儿踪影。

我把死鼠和死鸡迭次投下海里去了。

鸡身浮在水上。我想,这是很危险的事,万一邻近的渔人拾去吃了的时候呢!……

四月初间的海水冷得透人肌骨,但是在水里久了也不觉得了。我在水里凫着,想把死鸡的尸首拿回岸来。但我向前凫去,死鸡也随着波动迭向海心推移。死神好像在和我作弄的一样。我凫了一个大湾,绕到死鸡前面去,又才把它送回了岸来。上岸后,我冷得发抖,全身都起着鸡皮皱了。

我把那只死鸡埋在砂岸上了。舐岸的海声好像奏着葬歌,蒙在雾里的夕阳好像穿着丧服。

剩下的一只鸡雏太可怜了,终日只是啾啾地哀叫。

人在楼上的时候,它啾啾地寻上楼来。

人下楼去的时候,它又啾啾地从楼上跳下。

老鼠虽不敢再猖獗了,但是谁能保证不会又有猫来把它衔去呢?不久之间春假已经过了。有一天晚上我从学校回家,唯一的一只鸡雏又不见了!啊,连这一只也不能保存了吗?待我问我的女人时,她才说:"它叫得太可怜了,一出门去又觉得危险,没有法子,只得把它送了人,送给有鸡雏的邻家去了。"

　　心里觉得很对不住 C 君,但我也认为:这样的施舍要算是最好的办法了。

寄生树与细草

寄生树站在一株古木的高枝上,在空气中洋洋得意。它倨傲地俯瞰着下面的细草说道:

"你们可怜的小草儿,你看我的位置是多么高,你们是多么矮小!"

细草们没有回答。

寄生树又自言自语地唱道:

"啊哈哟,我是大自然中的天骄。有大树做我庇护,有大树供我养料。我是神不亏而精不劳,高瞻乎宇宙,君临乎小草,披靡乎浮云,挹友乎百鸟。啊哈哟,我是大自然中的天骄。"

一场雷雨,把大树劈倒了。寄生树和古木的高枝倒折在草上。细草儿们为它哀哭了一场。

寄生树渐渐枯死了。每逢下雨的时候,细草们便追悼它,为它哀哭。

寄生树被老樵夫捡拾在大箩筐里,卖到瓦窑里去烧了。每逢下雨的时候,细草们还在追悼它,为它哀哭。

1923 年,在上海

羊

几只黑色的山羊睡在一处山坡上。

一样的颜色,一样的循规蹈矩,一样的没有声音,一样的拉出一些黑色团子。

有什么变动吧,你用角来牴触我一下,我用角来牴触你一下。如此而已。

山坡上的草早就吃光了。有绳子拴着,圈子外的青草不能吃,也不敢吃。

没有水喝,只好舐舐彼此的口水或者尿水。有时又望望天,希望下点雨来。

牧羊人那儿去了?

不,你没听见他在划拳吗?他就在旁边的酒店子里面和朋友们闹酒。时而也有一些有盐味的残汤剩水泼下来,这是天上降下的甘露了。

有一只睡得近些的阉羊,得以舐到这种甘露。精神一焕发,也就得意地,但是单调地出几声,意思是说:"更多些呀,让大家均沾。"

它这样，便感觉着已经成为了大众的喉舌。

           1944 年 9 月 5 日

芭蕉花

这是我五六岁时的事情了。我现在想起了我的母亲，突然记起了这段故事。

我的母亲六十六年前是生在贵州省黄平州的。我的外祖父杜琢章公是当时黄平州的州官。到任不久，便遇到苗民起事，致使城池失守，外祖父手刃了四岁的四姨，在公堂上自尽了。外祖母和七岁的三姨跳进州署的池子里殉了节，所用的男工女婢也大都殉难了。我们的母亲那时才满一岁，刘奶妈把我们的母亲背着已经跳进了池子，但又逃了出来。在途中遇着过两次匪难，第一次被劫去了金银首饰，第二次被劫去了身上的衣服。忠义的刘奶妈在农人家里讨了些稻草来遮身，仍然背着母亲逃难。逃到后来遇着赴援的官军才得了解救。最初流到贵州省城，其次又流到云南省城，倚人庐下，受了种种的虐待，但是忠义的刘奶妈始终是保护着我们的母亲。直到母亲满了四岁，大舅赴黄平收尸，便道往云南，才把母亲和刘奶妈带回了四川。

母亲在幼年时分是遭受过这样不幸的人。

母亲在十五岁的时候到了我们家里来,我们现存的兄弟姊妹共有八人,听说还死了一兄三姐。那时候我们的家道寒微,一切炊洗洒扫要和妯娌分担,母亲又多子息,更受了不少的累赘。

　　白日里家务奔忙,到晚来背着弟弟在菜油灯下洗尿布的光景,我在小时还亲眼见过,我至今也还记得。

　　母亲因为这样过于劳苦的缘故,身子是异常衰弱的,每年交秋的时候总要晕倒二回,在旧时称为"晕病",但在现在想来,这怕是在产褥中,因为摄养不良的关系所生出的子宫病罢。

　　晕病发了的时候,母亲倒睡在床上,终日只是呻吟呕吐,饭不消说是不能吃的,有时候连茶也几乎不能进口。像这样要经过两个礼拜的光景,又才渐渐回复起来,完全是害了一场大病一样。

　　芭蕉花的故事是和这晕病关联着的。

　　在我们四川的乡下,相传这芭蕉花是治晕病的良药。母亲发了病时,我们便要四处托人去购买芭蕉花。但这芭蕉花是不容易购买的。因为芭蕉在我们四川很不容易开花,开了花时乡里人都视为祥瑞,不肯轻易摘卖。好容易买得了一朵芭蕉花了,在我们小的时候,要管两只肥鸡的价钱呢。

　　芭蕉花买来了,但是花瓣是没有用的,可用的只是瓣里的蕉子。蕉子在已经形成了果实的时候也是没有用的,中用的只是蕉子几乎还是雌蕊的阶段。一朵花上实在是采不出许多的这样的蕉子来。

这样的蕉子是一点也不好吃的,我们吃过香蕉的人,如以为吃那蕉子怕会和吃香蕉一样,那是大错而特错了。有一回母亲吃蕉子的时候,在床边上挟过一箸给我,简直是涩得不能入口。

芭蕉花的故事便是和我母亲的晕病关联着的。

我们四川人大约是外省人居多,在张献忠剿了四川以后——四川人有句话说:"张献忠剿四川,杀得鸡犬不留"——在清初时期好像有过一个很大的移民运动。外省籍的四川人各有各的会馆,便是极小的乡镇也都是有的。

我们的祖宗原是福建的人,在汀州府的宁化县,听说还有我们的同族住在那里。我们的祖宗正是在清初时分入了四川的,卜居在峨眉山下一个小小的村里。我们福建人的会馆是天后宫,供的是一位女神叫作"天后圣母"。这天后宫在我们村里也有一座。

那是我五六岁时候的事了。我们的母亲又发了晕病。我同我的二哥,他比我要大四岁,同到天后宫去。那天后宫离我们家里不过半里路光景,里面有一座散馆,是福建人子弟读书的地方。我们去的时候散馆已经放了假,大概是中秋前后了。我们隔着窗看见散馆园内一簇芭蕉,其中有一株刚好开着一朵大黄花,就像尖瓣的莲花一样。我们是欢喜极了,那时候我们家里正在找芭蕉花,但在四处都找不出,我们商量着便翻过窗去摘取那朵芭蕉花。窗子也不过三四尺高的光景,但我那时还不能翻过,是我二哥擎我过去的。我们两人好容易把花苞摘了下来，二哥怕人看见，把花藏在衣袂下同路回去。回到家里了，二哥叫我把花苞拿去献给母亲。我捧着跑到母亲的床前，母亲问我是从什么地方拿来的，我便直说是在天后宫掏来的。我母亲听了便大大地生气，她立地叫我们跪在床前，只是连连叹气地说："啊，娘生下了你们这样不争气的孩子，为娘的倒不如病死的好了！"我们都哭了，但我也不知为什么事情要哭。不一会父亲晓得了，他又把我们拉去跪在大堂上的祖宗面前打了我们一阵。我挨掌心是这一回才开始的，我至今也还记得。

我们一面挨打，一面伤心。但我不知道为什么该讨我父亲、母亲的气。母亲病了要吃芭蕉花，在别处园子里掏了一朵回来，为什么就犯了这样大的过错呢？

芭蕉花没有用，抱去奉还了天后圣母，大约是在圣母的神座前干掉了罢？

这样的一段故事，我现在一想到母亲，无端地便涌上了心来。我现在离家已十二三年，值此新秋，又是风雨飘摇的深夜，天涯羁客不胜落寞的情怀，思念着母亲，我一阵阵鼻酸眼胀。

啊，母亲，我慈爱的母亲哟！你儿子已经到了中年，在海外已自娶妻生子了。幼年时摘取芭蕉花的故事，为什么使我父亲、母亲那样的伤心，我现在是早已知道了。但是，我正因为知道了，竟失掉了我摘取芭蕉花的自信和勇气。这难道是进步吗？

孤山的梅花

一

"孤山的梅花这几天一定开得很好了,月也快圆了。你如果想到西湖去玩,最好在这几天去,我们也可借此得以一叙。"

"我对于你,正像在《残春》里从白羊君口中说出的'得见一面虽死亦愿'一样,正渴望得很呢。"

"你如有回信请寄杭州某某女学校余猗筠小姐转,因为我没有一定的住处。"

"你到杭州后可住钱塘门外昭庆寺前钱塘旅馆。那个旅馆只要三角钱一天(且可住二人或三人),又是临湖的。我到杭州后也住那里。我明日不动身,后日一定动身,由此至杭须一日半的路程,预计十三日我总可抵杭了。"

"啊,你恐怕还不知道我这个人罢?但是,要这样才有趣呢!"

这是我在正月十四的晚上接着的一封信,信面写着"由新登三溪口寄",信里的署名是"余抱节"。这位余抱节的确我是"不知道"的。我接受未知的朋友们的来信本来不甚稀奇，但不曾有过像这封信一样这么"有趣"的。

这信里的文句写得十分柔和，并且字迹也是非常秀丽，我略略把信看了一遍之后，在我的脑识中自然而然地生出一个想象来，便是这"余抱节"的署名便是那位"猗筠小姐"的化名了。

——啊，这是一定的！你看她已经写明了住钱塘旅馆的，为什么叫我写信又要由学校转交呢？这明明是怕我不回她的信，或者是怕信到后被别人看见了，所以才故意化出一个男性的假名来。这真是她用意周到的地方了。

——啊，她这人真好！她知道我素来是赞美自然而且赞美女性的人，所以她要选着月圆花好的时候，叫我到西湖去和她相会。她并且还知道我很穷，她怕我住不起西湖的上等旅馆，竟把那么便宜而且又是临湖的旅馆也介绍了给我。啊，她替我想的真是无微不至了！

我捧着信便这么痴想了一遍，我的心中真是感觉得有点不可名状，心尖子微微有点跳。

——啊，在风尘中得遇一知己，已经是不容易的事情，何况这位知己还是一位年轻的女性呀！

——不错，她一定是年轻的，你看她自己不是写着"小姐"吗？小姐这个名词，我素来是不大高兴的，但经她这一写出来，我觉得怎么也很可爱的了。啊，这真是多么一个有雅趣的名词哟！这比什么"女士"，用得滥到无以复加的"女士"，真是雅致得不知道几千百倍了。

——但是她怎么会知道我现在的住所呢?……

这个问题把我难着了,我实在不知道她何以会知道我现在的住所。我从前很爱出风头的时候,我的住址是公开的,容易知道。但我这回回国来,我一点风头也不敢再出了,除极少数的几位朋友之外,没有人知道我现在住的地方,她却是从什么地方探听到的呢?或者是我的朋友之中有同时是她的相识的人告诉了她?或者是我最近在友人的报章杂志上发表过一两篇文章,她从那编辑先生的地方函询得到的?

我想了一阵得不出一个线索来,我也无心再在这个问题上琢磨了。

——不管她是从什么地方打听来的,她总是我的一位很关心的知己,而且是一位女性的知己呀!

——啊,这杭州我是一定要去的,我是一定要去的!

二

把去杭州的心事决定了,但也有不能不费踌躇的几件事。

第一,跟着我回国来的一妻三子,她们是连一句中国话也不懂的,家里没有人,我的女人在一二月之内也快要做第四次的母亲了。虽说到杭州,今天去,明天便可以回来,但谁能保得他们不就在这一两天之内生出什么意外呢?假使我是有什么不能不去的紧急事情,那还有话可说,但我只是去看花，去会一位女朋友的，我怎么对得起我的女人，更怎么对得起我的三个儿子呢？……

责任感终竟战胜了我的自由，我踌躇了。踌躇到月轮看看已经残缺，孤山的梅花也怕已经开谢了的时候，那已经是接信后的第四天了。那天午后，我已经决了心不去，我把猗筠小姐的来信，当成一个故事一样，向我的女人谈。啊，可怪的却是我的女人。她听我念出了那封信后，偏要叫我去。她说不要辜负人家的一片好心，去了也还可以写出一两篇文章来，这正是一举两得的事。啊，我的女人，你是过于把我信任了！我被她这一说，又动摇了起来。但我为缓和我的责任感起见，我要求把我大的两个孩子一同带去，一来可以使孩子们增些乐趣，二来也是我自己的一个保险的护符。我的女人也满心地赞成了。

我有这样的一位女人，难道还不感谢她吗？她竟能这样宽大地替我设想！好，杭州是准定去了。

我在那天下午便直接写了一封信去回答猗筠小姐，约定十九动身，并且说有两个大的孩子同路。我为什么要缓到十九，而且要说明有孩子同路呢？我是有一个不好的私心，我是希望她到车站上来接我，在稠人广众中，我的两个孩子恰好可以做她认识我的记号呢！

啊，我这个私心真是对不住我的女人，我是把她的爱情滥用了！但是我又有什么办法呢？已经滚下了山头的流泉，只好让它愈趋愈下了。

把去的方针和去的日期都决定了，但还有一件紧要的事，便是去的旅费。

我手里一共只剩着十五块钱了。我这一去至少要耽搁一两天，在良心上也不能不多留点费用在家里。我假如在这十五块钱中要拿出十块钱去花费，只剩下五块钱在家里，心里怎么也是过意不去的。我便决计到闸北去，向我的一位友人告贷。

三

出乎意外的是北火车站和宝山路一带，满眼都是皮帽兵！商家有许多是关着铺面的，街上的行人也带着十分恐慌的样子。

回国以来我从没有心肠看报，友人我也少有会面，竟不知道这些皮帽兵是从什么地方来的。

我在宝通路会见了我的朋友了，我先问他那些皮帽兵的由来，我才知道江浙这次又打了一次足球。的确是很像打了一次足球呢。第一次的江浙战争是齐燮元从南京来打卢永祥，把卢永祥打败了，逼到日本的别府温泉去休养去了。这一次却又调换了阵门，是卢永祥从南京来打齐燮元，把齐燮元打败了，也把他逼到日本的别府温泉去休养去了。他们的这两回球战算来是各自占了地利，还没有分出胜负。看来，他们的脚劲都好，都是很会跑的。等几时再来调换过一次阵门接战，这未知鹿死谁手了。

皮帽军原来就是卢永祥从奉天领来的足球队员，听说什么张宗昌啦、张学良啦、吴光新啦，一些脚劲很好、很会跑的健将，都已经到了上海。

哦，原来如此。但这是事关天下国家的游戏，用不着我来多话。我是要往西湖去会女朋友的，哪管得他们这些闲事呢？

我把我要往杭州的意思向友人说了，并且把那"余抱节"的信向他默诵了一遍。

我的朋友也和我的意见相同，他说那信一定是那猗筠小姐写的。但他的结论却和我相反，他却不赞成我去。他连连说"危险！危险！"

我说："我要把两个大的孩子带去保险的呢。"

他说："那更不行，这两天风声很不好，奉军和浙军说不定要开战，小孩子是无论如何不能带去的。万一你走后便打起仗来，连逃走都不好逃走呢！"

他坚决地反对着，我要向他借钱的事怎么也不好再说出口了。好，不借钱也不要紧，反正还有十五块钱，花了十块钱再说。这回的仗火我也不相信终会打成，就打成了带起孩子们逃难也是一种特别的经验。

钱，我没有借成。晚上回到家里，我不该把外边的风声对我女人说了一遍，孩子们，她竟不肯要我带去了。

——也好，不把孩子们带去，也可以少花几块钱，我来回坐三等，加上一天的食宿费，有五块钱也就够用了。

就这样费了不少的蹉跎，等到十九的一天清早，我才赶到北站去乘早车。嘻，真个是好事多磨呵！我到了北站，才知道好久便没有开往杭州的车了。要往杭州,要到南站去坐车。但我看见沪杭线上明明有一架车头,正呼呼呼地时时冒着烟正待要开发的光景。

——说没有车怎么又有车要开呢?

——那是陆军总长吴大人的专车呀!

——吴大人?那一位吴大人?

——吴光新,吴总长,你还不知道吗?

啊,我到这时候才晓得现在的陆军总长就是吴光新,我真是长了不少的见识。但是这些见识究竟又有什么用处呢?把我到杭州的佳期又阻止了。啊,我真想当一位陆军总长的马弁呀!即使我将来就无福做到督军,至少我在今天总可以早到杭州!

要往南站时间也来不及了,慢车不高兴坐,夜车听说又没有,没有办法又只好回到自己的窝里。

四

足足又等了一天,等到二十日的清早,天又下起雨来了。

我睡在床上又在踌躇。到底还是去,还是不去呢?下雨我倒不怕,打仗我也不怕,不过万一那"余抱节"并不是猗筠小姐,这不是把蛮好的一个幻影自行打破了吗?他已经等了我一个礼拜了,我并没有直接回他一封信。我走去了,他又不在,岂不是也是一场没趣吗?西湖并没有什么趣味,梅花到处都有,何必一定要去孤山?那猗筠小姐,我写封回信给她罢，把情况说清楚，她定能原谅我的。以后她如果要和我常常通信，那就好了。我何必一定要去见她？不错，神秘是怕见面的，神秘是怕见面的！

我这么想着，又决定不再去了。不过我这个决定总有点像悬崖上暂时静止着的危石，一受些儿风吹草动，便可以急转直下，一落千丈。当我正在踌躇的时候，我的女人又在催我了。她说我陷在家里一个钱的事也没有，诗也没有做，文章也没有写，倒不如去转换下心机的好。——这转换心机是她平常爱说的话，这一来又把我大大地打动了。一个同情于我的未知的女性，远远写了一封优美的信来，约我在月圆时分去看梅花。啊，单是这件事情自身不已经就是一首好诗么？的确，我是不能不去的，我不能辜负人家的好心。去了能够写些诗或者写篇小说，那是多么好！对，不能不去，去有好处，下雨时去更有好处，我一定要去！

"说时迟那时快"——这句旧小说的滥调恰好可以用在这儿。我经我女人一催，立地起来把衣服穿好了。唯一的一套洋装穿在身上，我自己恨我没有中国的冬天的衣裳，但也没有办法了。坐上黄包车，被车夫一拉拉到南站，恰好把早车赶上。我便买了一张三等票跨进车里去了。

啊，舒服！舒服！我是要往诗国里去旅行的，我是要去和诗的女神见面的呀！……

不过坐在三等车里，也不是什么好舒服的事情。一车都好像装的是病人，无论是男的女的，老的少的，我看他们的脸上没有一个有点健康的颜色。坐在我对面的便是一位患着黄疸病的病人，面孔全部好像飞了金的一样，连眼珠子也是黄的。旁边有一位骨瘦如柴的人和他谈话，替他介绍了一个医方。他说，到碗店里面去买江西稻草煅灰来吃是千灵万灵的，但要真正的江西稻草。说的人还说，从前他自己也害过黄疸病，就是吃江西稻草吃好了的。我很奇怪他这个医方，我也推想了一下这里面的玄妙，但总是就和读《易经》的一样，推想不出那里面的玄妙来。照我学过几年医学的知识说来，这黄疸的症候，或者是由于肝肿，或者是由于胆石，或者是由于外尔氏病（鼠咬病），或者是由于过食所引起的一种发炎性的黄疸。前面的两种不用外科手术是不会好的，外尔氏病的病源虫是一种螺旋菌，难道稻草的灰里有杀这种病菌的特效成分吗？不过像发炎性的黄疸，经过两三礼拜是自会好的，恐怕稻草先生是用到这种病症上占了便宜。

咳嗽的人真多。天气太冷了，三等客车里面又没有暖气管（恐怕头二等车里也没有罢？我没有坐过，不知道），喀哄喀哄地，满车的人都在合奏着支气管加达儿的赞美歌。在我斜对面，靠着对边窗角上的一位瘦骨嶙峋的人，眼睛黑的怕人，两颊上晕着两团玫瑰红，一眼看去便知道他是肺结核的第三期了。他也不住地呛咳，并且不住地把他的痰吐在地板上。啊，他老先生又算作了不少的功德了！至少是坐在他旁边、时而和他谈话的那位苍白面孔的妇人总该感谢他的：她再隔不久，她的两颊也不消涂胭脂，也不消贴红纸，便会自然而然地开出两朵花来的呢!

啊,我真好像是坐在病院里一样的呀!病夫的中国,瘘病的中国,这驾三等车便是缩小了的中国!

在病人堆里所想的几乎都是病的事情,病神快要把我的诗神赶走了。啊,谈何容易!她的信是带在我的衣包里呢!

"孤山的梅花这几天一定开得很好了,月也快圆了,你如果想到西湖去玩,最好在这几天去……"

啊,好文章!好文章!这是多么柔和的韵调,多么美丽的字迹哟!这是一张绝好的避病符箓!学医的同志们一定会骂我堕入迷信了罢?但是笑骂由他们笑骂,这符箓的确是符箓。我一把她的信展开来,什么病魔都倒退了。我的思索不消说又集中到猗筠小姐的想象上来。

——她怕是寒假回家去又才出来的了。不知道她到底是那女学校的先生呢,还是学生?想来怕是学生的多罢?能够喜欢我的文章的人一定不是老人,不消说不会是老人,她不是已经写明是"小姐"了吗?在中国的社会里面也决不会有 old miss(不结婚的老小姐)的!并且我的文章也只能诳得小孩子。好,不要太自卑了!我的文章得了她这样的一位知己,也怕是可以不朽的呢!

——今天她一定是不在车站上的了,昨天一定冤枉了她空等了一天!我见了她的面时,不消说应该先道歉。但是,以后又再说什么呢?……我是先到她学校里去,还是直接到钱塘旅馆呢?怕她已经不在那儿了。不在那儿的时候又怎么办呢？……

五

　　我的想象跟着火车的停顿而停顿了，已经是硖石。对面的月台上整列着两排军队，几个军乐手拿着喇叭在左手站住，几个军官拿着指挥刀在前面指挥。他们凝神聚气地在那里等待着什么。——是要等上行火车开往上海的吗？上海方面难道已经开了火吗？我这场危险真是冒到火头上来了！身上只有两块多钱，家里只留下十块！啊，我真不该来。来了是落陷在陷阱里了！

　　心里不免有些着急，火车仍然停着。停了怕有二十分钟的光景，月台上的军人呈出活动的气象了。一位军官拔刀一挥，军乐齐奏，全队的军人都举枪行礼。不一会才从南方飞也似的来了一部专车，一架车头拉着两乘头等车座，两乘里面都只稀疏地坐了三四个人，但看也还没有十分看明，又如像电光石火一样飞也似的过去了。我们的车跟着又才渐渐地动起来。月台上的军人已经看不见了，喇叭的声音还悠扬地在那里吹奏。

　　我的旁边有一位老人向我说："怕又是哪一位大人到上海去了。"

　　"一定是吴光新吴大人呢，他昨天到了杭州。"

　　"不错，一定是他，真好威风！"

　　老人说着好像很有几分愤慨的样子，但我却没有这样老稚了。我自己心里只是这样想：德国的废帝威廉三世真蠢，他在欧战剧烈的时候，时常在柏林坐街市电车，他老先生可惜没有及时享福呢。

硖石过后，雨也渐渐住了。车外的风物只呈着荒凉的景象，没有些儿生意。身子觉得有些疲倦，靠着车壁闭了一会眼睛。有时竟苦睡了一下，车一停又惊醒了。最后只好把带着的法国作家费立普（Charles Louis Philippe）的短篇小说集来读了好几篇，一直读到了杭州。

六

杭州车站到了，我下了车。注意着月台上接客的人，但没有一个我认识的人，也没有一个来认识我的人。

坐了一乘黄包车，我却先上东坡路的一位友人的医院里去了。车大就好像拉着我在黄海上面走着的一样。雨落过后的杭州城，各街的街道都是橙红色的烂泥，真正是令人惊异。

在友人的医院里吃了一杯茶，听说今年天气很冷，孤山的梅花还没有开。但是我来，并不是为看梅花，我也不管它开也不开了。我只问明了到钱塘旅馆的车价告辞了出来。我自己主意是已经决定了。我先到旅馆去，假如遇不着她，然后再向学校打电话或者亲自去会她。

原来钱塘门却是挨进宝石山那一边的，从东坡路乘黄包车去也还要一角钱的车钱。我坐在车上当然又是想着，愈走愈觉得有些兴奋……一到旅馆，遇着的果然是她呀！啊，那真是再幸福没有了!梅花既然还没有开,孤山是可以不必去的……最初当然是要握手的。其次呢?……月亮出得很迟了,或者我们在夜半的时候,再往孤山去赏月,那比看梅花是更有趣味的……假使她是能够弹四弦琴或者曼多琳,那是再好也没有。不消说我是要替她拿着琴去,请她在放鹤亭上对着月亮弹。她一定能够唱歌,不消说我也要请她唱……但我自己又做什么呢?……我最好是朗吟我自己的诗罢。就是《残春》中的那一首也好,假使她能够记忆,她一定会跟着我朗诵的。啊,那时会是多么适意哟!……酒能稍喝一点也好,但她如不愿喝,我也不肯勉强。我想女子喝酒终怕不是好习气?……

钱塘旅馆也终竟到了,实在是很简陋的一层楼的构造。当街是一扇单门。推门进去,清静得好像一座庵堂。一边壁上挂着一道黑牌,上面客名总共只有两个人,但没有姓余的在里面。

看样子,这也不像是小姐能住的旅馆了。

我问是不是有位余抱节先生来住过,柜上回说没有。柜上是有电话的,我便打电话到某某女学校去,也说并没有"余猗筠小姐"这个人。有趣,真是有趣。

孤山的梅花呢?还要等两三天才能开。这怎么办?

东坡路上的朋友也不好再去找他了。我折回车站,赶上了当天开往上海的晚车。

1925 年

蚯蚓

我是生于土死于土的蚯蚓,再说通俗一点吧,便是所谓曲鳝子,或者再不通俗一点吧,便是"安尼里陀"(Annelida,即蠕虫类)的一属。

我的神经系统是很单纯的。智慧呢?说不上。简直是不能用你们人类——你们"活魔、撒骗士"(Homo sapiens,即人类)的度量衡来计算。

因此我们并不敢妄想要来了解你们,但希望你们不要把我们误解或至少对于你们有关系的事物更能够了解得的一点。

你们不是说是万物之灵吗?尤其是你们中的诗人不是说是"灵魂的工程师"吗?那岂不又该是万人之灵了?

前好几天,下了一点雨,我在一座土墙下,伸出头来,行了一次空气浴。隔着窗子我听见一位"灵魂的工程师"在朗诵他的诗:

——蚯蚓呀,我要诅咒你。你的唯一的本领,就是只晓得打坏辛苦老百姓们的地皮。

诗就只有这么几句,但不知道是分成廿行卅行。听说近来一行一字——甚至于有行没字的诗是很流行的,可惜我没有看见原稿。

诗翻来覆去地朗诵了好几遍,虽然有几个字眼咬得还不十分清楚,但是朗诵得确是很起劲。

照我们蚯蚓的智慧说来,这样就是诗,实在有点不大了解,不过我也不敢用我们蚯蚓的智慧来乱作批评。但我们蚯蚓,在"灵魂的工程师"看来,才是这么应该诅咒的东西,倒实在是有点惶恐。

我们也召开了一次诗歌座谈会,根据这首诗来作自我批评。可我们蚯蚓界里对于诗歌感觉兴趣的蚯蚓,都不大十分注重这件事。

大部分的同志只是发牢骚,他们说:"活魔"是有特权的,只要高兴诅咒,就让他们诅咒吧。

有的说:我们生于土、死于土,永远都抬不起头,比这还有更厉害的诅咒,我也并不觉得害怕了。

有的又说:假设我们打坏地皮于他们是有害,那就让这害更深刻而猛烈一点。

发了一阵牢骚没有丝毫着落,我们还是要生于土,死于土,而且还要受"灵魂的工程师"诅咒。这实在是活不下去了。我是这样感觉着,因而便想到自杀。

"活魔"们哟,你们不要以为连自杀都是只有你们才能够有的特权吧,你们看吧,我们曲鳝子也是晓得自杀的。

不过我们的方法和你们的是正相反,你们是钻进土里来或钻进水里来，便把生命瘐死了，我们是钻出土外或钻出水外去，便把生命解放了。

今天是我选择来自杀的一天，我虽然晓得太阳很大。在土里都感受着它的威胁，但我知道这正是便于自杀的一天。

我实在气不过，我要剥夺你们"活魔"的特权。你诅咒我吧，我要用死来回答你。

我怀着满怀的愤恨，大胆地从土里钻出去，去迎接那杀身的阳光。

我一出土，又听见有人在朗诵。——哼，见鬼！我赶快想缩回去，但没有来得及，那朗诵的声音已经袭击着我：

——……达尔文著的《腐殖土和蚯蚓》里面曾经表彰过蚯蚓，说它们在翻松土壤上有怎样重大的贡献……

嘻？！我们还经过大科学家表彰过的吗？我们在翻松土壤上才是有着很大的贡献吗？这倒很有意思，我要耐心着听下去。

——蚯蚓吞食很多的土壤，把那里面的养分消化了，又作为蚯蚓的粪，把土壤推出地面上来。在蚯蚓特别多的肥沃的园地里面，每一英亩约有五万匹之谱，一年之内会有十吨以上的土壤通过它们的身体被推送到地面，在十年之内会形成一片细细耕耨过的地皮，至少有两英寸厚……

对啦。要这样才像话啦！这正是我们蚯蚓界的实际情形。我虽然已经感觉着太阳晒到有点难受了，但我冒着生命的危险，还要忍耐着听下去。

——用达尔文自己的话说吧:"犁头是人类许多最古而最有价值的发明之一,但在人类未出现之前,地面实在是老早就被蚯蚓们有秩序地耕耨着,而且还要这样继续耕耨下去,别的无数的动物们在世界史中是否曾经做过这样重大的贡献,像这些低级的被构造着的生物们所做过的一样,那可是疑问。"

我受着莫大的安慰,把自杀的念头打断了。太阳实在晒得太厉害,差一点就要使我动弹不得了,我赶快用尽全身的气力,钻进了土里来。

我在土里渐渐喘息定了,把达尔文的话,就跟含有养分的土壤一样,在肚子里咀嚼,愈咀嚼愈觉得有味。究竟是科学家和诗人不同,英国的科学家和中国的诗人,相隔得似乎比英国到中国的距离还要远啦。

平心静气的说,我们生在土里,死在土里,吞进土来,拉出土去,我们只是过活着我们的一生,倒并没有存心对于你们人要有什么好处,或有什么害处。

因而你们要表彰我们,在我们是不虞之誉;你们要诅咒我们,在我们也是求全之毁。

我们倒应该并不因为你们的表彰而受着鼓励,也并不因为你们的诅咒而感到沮丧。

不过你那位万物之灵中的"灵魂的工程师"哟,你那位蚯蚓诗人哟,一种东西对于自己究竟是有利还是有害,你至少是有灵魂的,当你要诅咒,或要开始你的工程之前,请先把你的灵魂活用一下吧。

或许你是不高兴读科学书，或许甚至是不高兴什么达尔文；因为你有的是屈原、杜甫、荷马、莎翁。这些人的作品你究竟读过没有，我虽然不知道，但你是在替老百姓说话啦，那就请你去问问老百姓看。

老百姓和我们最为亲密，他也是生于土而死于土，可以说是你们人中的蚯蚓。

几千年来，你们的老百姓曾经诅咒过我们吗？他曾经诅咒过我们，像蝗虫，像蟊贼，像麻雀，像黄鳝，乃至像我们的同类蚂蟥吗？古今中外的老百姓都不曾诅咒过我们，而替老百姓说话的人，你究竟看见过锄头没有？

老百姓自然也不曾称赞过我们，因为他并没有具备着阿谀的辞令，不像你们诗人们动辄就要赞美杜鹃，同情孤雁那样。

其实杜鹃是天生的侵略者，你们知道吗？它自己不筑巢，把卵生在别个的巢里，让别的鸟儿替它孵化幼雏，而这幼雏还要把它的义兄弟姊妹挤出巢外，让它们夭折而自己独占养育之恩，你们知道吗？

离群的孤雁是雁群的落伍者，你们知道吗？你们爱把雁行比成兄弟，其实它们是要争取时间，赶着飞到目的地点，大家都尽所有的力量在比赛。力量相同，故而飞得整齐划一，但假如有一只力弱，或生病，或负伤，它们便要置之不顾，有时甚至要群起而啄死它。这就是被你们赞美而同情的孤雁了，你们知道吗？

你们不顾客观的事实，任意的赞扬诅咒，那在你们诚然是有特权,但你们不要把我们做蚯蚓的气死了吧。

不要以为死了一批蚯蚓算得什么,但在你们的老百姓便是损失了无数的犁头啦。

我们是生于土而死于土的,有时你们还要拿我们去做钓鱼的饵,但不必说,就是死在土里也还是替你们做肥料,这样都还要受诅咒,那就难为我们做蚯蚓的了。

但是我现在只不过是这样说说而已,我是已经把自杀的念头抛去了的。达尔文的话安慰了我,从死亡线上把我救活了转来。我还是要继续着活下去,照他所说的继续着耕耨下去。在世界史上做出一匹蚯蚓所能做到的贡献。

我们有点后悔,刚才不应该一肚子的气愤只是想自杀,更不应该昏天黑地的没有把那位读书的人看清楚。他是倚着一株白果树在那儿站着的,似乎是一位初中学生。

我很想再出土去看清楚他来,但是太阳实在大得很,而且我生怕又去碰着了蚯蚓诗人的朗诵。

算了吧,我要冷静一点了,沉默地埋在土里,多多的让土壤在我的身体中旅行。明天会不会被那一位"活魔"挖去做钓鱼的饵,谁个能够保证呢?

大象与苍蝇

林场里有一只大象，在辛勤地搬运木材。

不少的苍蝇无数次飞来干扰它，吮吸它身上的汗，甚至飞到它的眼角上去，飞到它的鼻孔边上去。大象只好扇扇耳朵。

当大象在休息的时候，苍蝇也飞来干扰，这时大象便用它的柔而长的鼻管去驱逐它们。

但驱逐也不抵事。驱逐了这一边的，又飞到另一边去了；驱逐了这一群，又飞来另一群。

大象的鼻管动得频繁了，终于打死了几只苍蝇。

于是苍蝇哗噪起来了。

——你这暴徒，你使用了暴力，你妨碍了我们的自由，你干犯了我们的主权，你侵占了我们的领域……

——侵占了你们的领域？还是请你们回茅坑里去吧！

——哼，我们高兴到哪里，就到哪里，我们的领域是整个世界，我们从来不干犯人，今天遇到你的暴力，我们要惩罚你，我们的友军遍天下，霍乱菌、鼠疫菌、赤痢菌、破伤风菌……都是我们的支持者。我们要消灭你们，就和你们打一千年、一万年也好，总要把你们驱逐干净！

　　于是苍蝇的朋友们也哗噪起来了，它们的发言和苍蝇的差不多。

1962 年 11 月 4 日

大山朴

"大山朴又开了一朵花啦!"

是八月中旬的一天清早,内子在开着窗户的时候,这样愉快地叫着。

我很惊异,连忙跑到她的身边,让眼睛随着她的指头看去,果然有一朵不甚大的洁白的花开在那幼树的中腰处的枝头。

大山朴这种植物——学名叫 Magnolia grandiflora——是属于木兰科的常绿乔木,据说原产地是北美。这种植物,在日本常见,我很喜欢它。我喜欢它那叶像枇杷而更滑泽,花像白莲而更芬芳。花,通常是在五六月间开的。花轮甚大,直径自五六寸至七八寸。

六年前买了一株树秧来种在庭前的空地里,树枝已经渐次长成了。在今年的五月下旬开过一朵直径八寸的处女花,曾给了我莫大的喜悦。

但是离开花时已经两月以上了,又突然开出了第二朵花来。

这的确是一种惊异。

我自己的童心也和那失了花时的花一样,又复活了。我赶快跑进园子去,想把那开着花的枝头挽下来细看,吟味那花的清香。

然而,不料我的手刚攀着树枝,用力并不猛,那开着花的枝,就从那着干处发出了勃察的一声!——这一声,真好像一支箭,刺透了我的心。

我连忙把树枝撑着,不让它断折下来,一面又连忙地叫:"树枝断了,赶快拿点绳子来吧!"

内子拿了一条细麻绳来,我用头把树枝顶着,把它套在干上。

内子又寻了一条布片来,敷上些软泥,把那伤处缠缚着了。自己的心里有种说不出的懊悔。

——"这样热的天气,这条丫枝怕一定会枯的。"我凄切地说。

但最初的惊异仍然从我的口中发出了声音来:"为什么迟了两个月,又开出了这朵花呢?"隐隐有点迷信在我心中荡漾着,我疑是什么吉兆,花枝断了,吉兆也就破了。

——"大约是因为树子嫩,这朵花的养分不足,故而失了花时。"内子这样平明地对我解说。

或许怕是吧。今年是特别热的,大约是三伏的暑气过于炎烈,把这朵花压迫着了。好容易忍到交秋,又才突破了外压和它所憧憬着的阳光相见。

然而,可怜的这受了压迫而失了时的花,刚得到自行解放,便遭了我这个自私自利者的毒手!

小皮箧

今天是一九四二年的七月十三日。

清早我一早起来去打开楼门,出乎意外的是发现了一个钱包夹在门缝里。待我取来看时,更出乎意料之外的是我两年前所失去了的那个小皮箧。

一种崇高的人性美电击了我。

两年前,央克列维奇还在做着法国驻渝领事的时候。因为他对于中国新文学有深刻的研究,又因为他的夫人尼娜女士会说日本话,我们有一段时期过从很密。

每逢有话剧的演出,我们大抵要招待他们去看,也招待他们看过电影的摄制,看过汉墓的发掘。

尼娜夫人是喜欢佛寺的,陪都境内没有什么有名的佛寺,还远远招待他们去游过一次北温泉,登过缙云山,以满足她的希望。

他们也时常招待我们。在那领事巷底的法国领事馆里面有整饬的花园,有葱茏的树木,又因为地址高,俯瞰着长江,也有很好的眺望。他们在那儿飨宴过我们,也作过好些次小规模的音乐会和茶会。

五月以后，空袭频繁了起来。我们的张家花园的寓所在六月尾上被炸，便不得不搬下了乡。不久法国领事馆也被炸，央领事夫妇也就迁到清水溪去了。

我的日记还记得很清楚，是七月二十七的一天。我在金刚坡下的乡寓里接到尼娜夫人的来信，要我在第二天的星期日去访问他们，我便在当天晚上进了城去。

第二天一早，我便到了千厮门码头。雾很大，水也很大，轮渡不敢开。等船的人愈来愈多，把三只渡船挤满了，把趸船也挤满了，栈道和岸上都满站的是人。天气炎热得不堪，尽管是清早，又是在江边，我自己身上的衬衫，湿而复干，干而复湿的闹了两次。

足足等了三个钟头的光景，雾罩渐渐散开了，在九点多钟的时候才渡过了江去。

雇了一乘滑竿，坐登着上山的路。

路在山谷里一道溪水的左岸，一步一步的磴道呈着相当的倾斜。溪水颇湍急，激石作声，有时悬成小小的瀑布。两岸的岩石有些地方峭立如壁，上面也偶尔有些题字。最难得的还是迎面而来的下山的风。那凉味，对于从炎热的城市初来的人，予以难忘的印象。

约略有一个钟头的光景便到了清水溪。这是一个小小的乡镇，镇上也有好几百户的人家，好些都是抗战以来建立的。

央克列维奇是住在镇子左边的一座山头上。一座西式平房，结构相当宽敞。山上多是松树，虽然尚未成林，但因地僻而高，觉得也相当幽静。

主人们受到我的访问是很高兴的，特别是那尼娜夫人。尽管太阳很大，她却怂恿着她的丈夫，要陪着我出去散步。

在附近的山上走了一会，还把镇对面的黄山、汪山为我指点而加以说明。她说：那儿是风景地带，有不少的奇花异木，有公路可通汽车，住在那儿的人不是豪商便是显贵。我那时还不曾到过那些地方，听她那样说，仿佛也就像在听童话一样。

桐子已经有半个拳头大了，颇嫌累赘地垂在路旁的桐子树上。

——"这是什么果子树呀？"尼娜夫人发问。

我尽我所有的知识告诉了她。

对于什么都好像感觉新奇的外国夫人，她从树上折了一枝下来，说"要拿回去插花瓶"。

被留着吃了中饭，喝了葡萄酒。

尼娜夫人首先道歉道：本来是应该开香槟的，但都装在箱子里面还没有开箱，他们有一个誓约，要等到巴黎光复了，才开箱吃香槟酒。

听了这样的话觉得比吃香槟酒还要有意思，因为巴黎陷落已经一个半月了，巴黎的人连吃面包都在成问题的时候，代表巴黎的人能有这样悲壮的誓约，也是应该的。

同席的还有好几位法国朋友，但因彼此的言语不大相通，只作了些泛泛的应酬而已。

中饭用毕后我正要告辞了，突然发出了警报，于是便又被留着。

其他的人都进了防空洞,只央克列维奇和我两人在回廊上走着,一面走,一面谈。也谈了好些问题,主要的还是关于文学这一方面。

央克列维奇的关于中国文学的造诣是使我惊异的,他在中国仅仅住了六年,最初在北京,其次是海南岛,最后来到重庆。他不仅对于五四运动以来的新文学知道得很详细,而且对于旧文学也有相当的研究。尤其是他喜欢词,对于宋元以来的词家的派别和其短长,谈得很能中肯。这在一个外国人的确是可惊异的事情。不,不仅是外国人,就连现代的中国新文学家能够走到了这一步的,恐怕也没有好几位吧?

两点钟左右警报解除了,我又重新告别。

临走的时候尼娜夫人送了我一首用英文写的诗,那大意是:

这儿有两条蜿蜒的江水,
就像是一对金色的游龙,
环抱着一座古代的山城,
有一位诗人住在城中。
这诗人是我们的朋友呵,
他不仅爱作诗,也爱饮酒。
李太白怕就是他的前身吧;
月儿呀,我问你:你知道否?

用极单纯的字面表现出委婉的意境,觉得很是清新,但这样译成中国字,不知道怎的,总不免有些勉强而落于陈套了。

我深深地表示了谢意。

坐着他们所替我雇就的滑竿,又由原道下山赶到了码头。码头上和轮船上,人都是相当拥挤的,因为是星期。

过了江来,又坐滑竿上千厮门,待我要付滑竿钱的时候,才发觉我的钱包被人扒去了。在江边购船票的时候,分明是用过钱包的,究竟是什么时候被人扒去的,我怎么也揣想不出。

好在我在裤腰包里面还另外放有一笔钱,因此在付滑竿钱上倒没有发生什么问题。但我感觉着十分可惜的却是尼娜夫人的那首诗也一道被扒了去。这是和钱包一道放在我左手的外衣包里的。

整整隔了两年,谁能料到我这小皮箧又会回来呢?

皮箧是旧了,里面还有十二块五角钱和我自己的五张名片。

诗稿呢?一定被扔掉了。

两年来我自己的职务是变迁了。住所也变迁了。

我现在住在这天官府街上一座被空袭震坏了的破烂院子的三楼,二楼等于是通道。还我这皮箧的人,为探寻我的住址,怕是整整费了他两年的工夫的吧?再不然便是他失掉了两年的自由,最近又才恢复了。

这人,我不知道他是年老的还是年轻的,是男的还是女的,是本地人还是外省人,在目前生活日见艰难,人情日见凉薄的时代，竟为我启示出了这样葱茏的人性美，我实在是不能不感激。

两年前的回忆绵延了下来。

一位瘦削的人。只有三十来岁，头发很黑，眼睛很有神，浓厚的胡子把下部的大部分剃了，呈出碧青的成色，只留着最上层的一线络着两腮。这是浮在我眼前的央克列维奇的风采。据朋友说，他本是犹太系的法国人，而他的夫人却是波兰籍。

尼娜夫人很矮小，大约因为心脏有点不健康，略略有些水肿的倾向。头发是淡黄的，眼色是淡蓝的，鼻子是小小的，具有东方人的风味。

究竟不知道是为了什么缘故，就在一九四〇年的年底，法国的贝当政府免了央克列维奇的职。

免职后的央克列维奇，有一个时期想往香港，因为缺乏旅费，便想把他历年来所搜藏的中西书籍拿来趸卖。他曾经托我为他斡旋，他需要四万块钱左右便可卖出。但我自己没有这样的购买力，我所交际的人也没有这样的购买力，结果我丝毫也没有帮到他的忙。后来我听说他这一批书是被汪山的某有力者购买去了。

央克列维奇不久便离开了重庆，但他也并没有到香港，是往成都去住了很久，去年年底，在《棠棣之花》第二次上演的时候，我在中一路的街头，无心之间曾经碰见过他和他的夫人。他们一道在街上走，他们是才从成都回来，据说，不久要往印度去。

我邀请他们看戏,他们照例是很高兴的。戏票是送去了,但在当天晚上却没有看见他们。他们是住在嘉陵宾馆的,地方太僻远,交通工具不方便,恐怕是重要的缘故吧。自从那次以后我便没有再和他们见面了。

皮箧握在我的手里,回忆潮在我的心里。

我怀念着那对失了国的流浪的异邦人,我可惜着那首用英文写出的诗……

但我也感受着无限的安慰,无限的鼓舞,无限的力量……

我感觉着任你恶社会的压力是怎样的大,就是最遭了失败的人也有不能被你压碎的心。

人类的前途无论怎样是有无限的光明的。

1942 年 7 月 20 日

鸡之归去来

一

我现在所住的地方离东京市不远，只隔一条名叫江户川的小河。只消走得十来分钟的路去搭乘电车，再费半个钟头光景便可以达到东京的心脏地带。但是，是完全在乡下的。

一条坐北向南的长可四丈，宽约丈半的长方形的房子，正整地是一个"一"字形，中间隔成了五六间房间，有书斋，有客厅，有茶室，有厨房，有儿女们的用功室，是所谓"麻雀虽小而肝胆俱全"的。

房子前面有一带凉棚，用朱藤爬着。再前面是一面菜园兼花圃的空地，比房子所占的面积更还宽得一些。在这空地处，像黑人的夹嘴音乐般地种植有好些花木，蔷薇花旁边长着紫苏，大莲花下面结着朝天椒，正中的一簇牡丹周围种着牛蒡，蘘荷花和番茄结着邻里……这样一个毫无秩序的情形，在专门的园艺家或有园丁的人看来自然会笑。但这可笑的成绩我都须得声明，都是妻儿们的劳力所产生出的成果，我这个"闲士惰夫"是没有丝毫的贡献参加在里面的。

园子周围有稀疏的竹篱，西南两面的篱外都是稻田，为图儿女们进出的方便，把西南角上的篱栅打开了一角，可以通到外面的田塍。东侧是一家姓S的日本人，丈夫在东京的某处会社里任事，夫人和我家里来往熟了，也把中间隔着的篱栅，在那中央处锯开了一个通道来。那儿是有桂花树和梅树等罩覆着的，不注意时很不易看出。但在两个月以前，在那通道才锯开不久的时候，有一位刑士走来，他却一眼便看透了。"哦，和邻家都打通啦！"他带着一个不介意的神情说。我那时暗暗地惊叹过，我觉得他们受过特别训练的人是不同，好像一进人家，便要先留意那家主人的逃路。

屋后逼紧着是一道木板墙，大门开在墙的东北角上。门外是地主的菜圃，有一条甬道通向菜圃这边的公路。那儿是可以通汽车的，因为附近有一家铁管工场，时常有运搬铁管或铁材的卡车奔驰，这是扰乱村中和平空气的唯一的公路。公路对边有松林蓊郁着的浅山，是这村里人的公共墓地。

我的女人的养鸡癖仍然和往年一样，她养着几只鸡，在园子的东南角上替它们起了一座用铁丝网网就的鸡笼，笼中有一座望楼式的小屋，高出地面在三尺以上，是鸡们的寝室。鸡屋和园门正对着，不过中间隔着有好些树木，非在冬天从门外是不容易看透的。

七月尾上一只勒葛洪种的白母鸡抱了，在后面浅山下住着的H木匠的老板娘走来借了去，要抱鸡子。

不久，在中学和小学读书的儿女们放了暑假，他们的母亲把他们带到近处的海岸去洗海水澡去了。这意思是要锻炼他们的身体，免得到冬天来容易伤风，容易生出别的病痛。他们的母亲实际是到更偏僻的地方去做着同样的家庭劳役，和别人避暑的意义自然不同。我本来也是可以同去的：因为这一无长物的家并值不得看守，唯一值得系念的几只鸡，拿来卖掉或者杀掉，都是不成问题的。但在我有成为问题的事，便是在我一移动到了新的地方便要受新的刑士们的"保护"——日本刑士很客气把监视两个字是用保护来代替的。——这可使妻儿们连洗澡都不能够自由了。所以我宁肯留在家里过着自炊生活，暂时离开他们，使他们乐得享点精神上的愉快，我也可以利用这个时期来做些活计。

他们在海岸上住了不足一个月，在八月尾上便回来了。九月一号中、小学一齐开学，儿女们又照常过着他们的通学生活了。大的两个进的中学是在东京，要为他们准备早饭和中午的"便当"，要让他们搭电车去不致迟刻，他们的母亲是须得在五点前后起床的。

在九月十号的上午，H老板娘把那只白母鸡抱回来了。老板娘已经不在浅山下住，据说是每月五块钱的房费，积欠了九个月，被房主人赶走了，现在是住在村子的东头。

母鸡借去了五个礼拜，反像长小了好些。翅子和脚都被剪扎着，拴在凉棚柱下，伏着。

那时是我亲自把那马丹·勒葛洪解放了，放回了笼子里去的。

  鸡们相别五个礼拜，彼此都不认识了。旧有的三只母鸡和一只雄鸡都要啄它，就连在几天前才添的两只母鸡，自己还在受着旧鸡们欺负的，也来欺负起它来。可怜这位重返故乡的白母鸡，却失掉了自由，只好钻进笼里打横着的一只酱油桶里去躲着。

  第二天午后，我偶然走到鸡笼边去时，那只白母鸡便不看见了。我以为是躲藏在那上面的小屋里的，没有介意。我告诉安娜时，她也说一定是在那小屋里躲着的。本来只要走进鸡笼去，把那小屋检查一下便可水落石出的，但那只雄鸡是一只好斗的军鸡，把笼子保守得就像一座难攻不破的碉堡。只要你一进笼去，它便要猛烈地向你飞扑，啄你。因此就要去取鸡蛋，都只好在夜间去偷营劫寨的。

  到了第三天下午，那只母鸡仍然没有出现，我们以为怕是被啄死在鸡屋里了。安娜把那雄鸡诱出了笼来，走进笼去检查时，那只母鸡是连影子也没有的。

  这鸡的失踪，是几时和怎样，自然便成了问题。我的意见是：那鸡才送回来的十号的晚上，不知道飞上那小屋里去，伏在地上被鼬鼠衔去了。安娜和儿女们都不以为然。他们说：鼬鼠是只吸血的，并不会把鸡衔去；纵使衔去了，笼里和附近也会略见些血迹。安娜以她那女性的特别敏锐的第六感断定是被人偷了。她说，来过一次，定然还要来二次，鸡可以偷，别的东西也可以偷的。自从发现了鸡的失踪的十二号起，

—75

她是特别地操心,晚间要把园门上锁,鸡的小屋待鸡息定后也要亲自去关闭了。

二

今天是九月十四号。

早晨在五点半钟的时候,把朝南的第一扇雨户打开,饱和着蘘荷花香的朝气带着新鲜的凉味向人扑来。西南角上的一株蜷曲着的古怪的梅树,在那下面丛集着的碧叶白花的蘘荷,含着花苞正待开放的木芙蓉,园中的一切其他物象都还含着睡意。

突然有一只白鸡映进了我的眼里来,在那东南角上的铁网笼里,有开着金色花朵的丝瓜藤罩着的地方。

(该不是失掉了的那只鸡回来了?)

这样的话在脑神经中枢中刚好形成了的时候已经发出了声来。

——"博,你去看,鸡笼里有只白鸡啦,怕是那只鸡回来了。"我向着在邻室里开着雨户的二儿说。

——"那不会的,在前原是有一匹的。"阿博毫不踌躇地回答着,想来他是早已看见了那只白鸡。

——"旧的一匹带黄色,毛不大顺啦。"我仍然主张着我的揣测。

接着四女淑子也从蚊帐里钻出来了,她跑到我的跟前来。

——"那儿?白鸡?"她一面用两只小手在搓着自己的

眼睛，一面问。待她把鸡看准了，她又说出阿博说过的同样的话："不会的，白鸡是有一只的。"

小儿女们对于我的怀疑谁都采取着反对的意见，没人想去看看。我自己仍然继续着在开放雨户。

面孔上涂着些煤烟的安娜，蓬着一个头，赤着一双脚，从后面西北角上的厨房里绕到前庭来了。她一直向着鸡笼走去，她自然是已经听见了我们的谈话的。她走到笼子外面，立着沉吟了一会。

——"是的吗？"我站在廊沿上远远问着。

她似乎没有回答，或者也怕回答的声音太低，没有达到我这半聋的耳鼓里。但她走转来了，走到我们近旁时她含着惊异地说："真的是那只母鸡！"

这惊异的浪子便扩大起来了，儿女们都争先恐后地要去看鸡。

鸡自然是被人偷去又送转来的，来路自然是篱栅上的那两处切口了。但妻儿们在园子中检查的结果，也没找出什么新的脚印来。

一家人围坐在厨房里的地板上吃早饭的时候，话题的中心也就是这鸡的归来。鸡被偷去了又会送回，这自然是一个惊异；但竟有这样的人做出这样可惊异的事，尤其是等于一个奇迹。这人是谁？他为什么要做出这样的奇迹呢……

——"一定是那H木匠干的，"我说，"那老板娘把鸡借去了很久，大约是那H不愿意送还，所以等到那老板娘送还了的一晚上又来偷了去。那鸡笼不是他做的吗？路径，他是熟悉的啦。大约是偷了回去，夫妻之间便起了风波，所以在昨天晚上又才偷偷地送回来了。"

安娜极端反对我这个意见，她说："那 H 老板娘是讲义理的人。"

——"是的啦，唯其是讲义理的人，所以才送转来。"

——"分明知道是我们的鸡又来偷。他们绝对不会这样做。"

——"H 老板娘做不出，我想那木匠是能够做出的。他现在不是很穷吗？"

安娜始终替他们辩护，说他们目前虽然穷，从前也还富裕过。他们是桦太岛的人，在东京大地震后的那一年才迁徙来的，以为可以揽一大批工作，找一笔大钱，但结果是把算盘打错了。

吃过了早饭后，大的四个孩子都各自上学去了。安娜一面收拾着碗盏，一面对我说："你去看那鸡，那好像不是我们的。勒葛洪种的鸡冠是要大些的。"

但我把岁半的鸿儿抱着要走去的时候，她又叮咛着说：

"不要把上面的小屋门打开，不要放出别的鸡来，我回头要去找 H 老板娘来认那只鸡。"

她要去找 H 老板娘来，我是很赞成的。因为她可以请她来认认鸡，我也可以在她的面孔上读读我的问题的答案。

我从园子中对角地通过，同时也留意着地面上的脚迹，的确是辨别不出新旧来。

　　小巧的母鸡照样在笼子里悠然地渔着食,羽毛和白鹤一样洁白而平顺,冠子和鸡冠花一样猩红,耳下的一部分带着一层粉白色,表示出勒葛洪种的特征,只是头顶上的一部分未免浅屑得一点,而且也不偏在一边。这鸡大约不是纯种吧?但这究竟是不是原有的鸡,我也无从断定。因为旧有的鸡我并没有仔细地检验过,就是H老板娘抱来的一匹我也是模糊印象的了。

　　不一会安娜也走到了笼边来。她总说那鸡不是原有的鸡,无论怎样要去找H老板娘来认一下。她说:"我是很不放心的,气味太恶。"

　　我觉得她这不免又是一种奇异的心理。鸡的被人送回,和送回这鸡来的是什么人,在她都不大成为问题:她的心理的焦点是放在有人在夜间两次进过我们的园子这一点上。她似乎以为在那鸡的背后还隐伏着什么凶兆的一样。她是感受着一种莫然的恐怖,怕的更有人要在夜里来袭击。

　　在鸡笼前面把鸿儿递给了她,我各自走上东侧的檐廊,我的所谓书斋。

三

　　不知道是几时出去了的安娜,背着鸿儿回来,从书斋东侧的玻璃窗外走过。后面跟着那位矮小的H老板娘。老板娘看见了我,把她那矮小的身子鞠躬到只剩得两尺高的光景。

在那三角形的营养不良的枯索的面孔上堆出了一脸的苍白色的笑容,那门牙和犬齿都缺了的光牙龈从唇间泄露着。我一看见了她这笑容,立即感觉到我的猜疑是错了。她这态度和往常是毫无二致的。假使鸡真是她的丈夫偷去,又由她送了转来,她的笑容断不会有那样的天真,她的态度断不会有那样的平静。问题又窜入迷宫了。

她们一直向鸡笼方面走去,在这儿端详了好一会又才走了转来。据说鸡是原物,丝毫的差异也没有。

她们从藤架下走过,到西手的南缘上去用茶去了。不一会邻家的S夫人也从桂花树下的篱栅切口踱了过来。这人似乎是有副肾疾患的,时常带着一个乌黑的面孔,瘦削得也可惊人。

三种女人的声音在南缘上谈论了起来,所论的当然不外是鸡的问题,但在我重听的耳里,辨别不出她们所说的是什么。S夫人的声音带着鼻音,好像是包含有食物在口里的一样,这样的声音是尤其难于辨析的,但出其不意的就从这声音中听出了几次"朝鲜人"的三个字。

——啊,朝鲜人!我在心里这样叫着,好像在暗途中突然见到了光明的一样。

由一九二三年的大地震所溃灭了的东京,经营了十年,近来更加把范围扩大,一跃而成为日本人所夸大的"世界第二"的大都市了。皮相的观察者会极口地称赞日本人的建设能力,会形容他们的东京是从火中再生出的凤凰。但是使这凤凰再生了的火，却是在大地震当时被日本人大屠杀过一次的朝鲜人，这要算是出乎意外的一种反语。八九万朝鲜工人在日晒雨淋中把东京恢复了，否，把"大东京"产生了。但他们所得的报酬是什么呢？两个字的嘉奖，便是——"失业"。

他们大多是三十上下的壮年，是朝鲜地方上的小农或者中等地主的儿子。他们的产业田园被人剥夺了，弄得无路可走，才跑到东京。再从东京一失业下来，便只好成为放浪奴隶，东流西落地随着有工作的地方向四处的乡下移动。像我住着的这个地方和扩大了的东京仅隔一衣带水，虽是县分不同的乡下，事实上已成为了东京的郊外。为要作为大东京的尾闾，邻近的市镇是有无数的住家逐次新建着的。因此也就有不少的朝鲜人流到这儿来了。

朝鲜人所做的工作都是些面土的粗工，从附近的土山运出土来去填平村镇附近的田畴或沼泽，这是一举两得的工事：因为低地填平了，土山也铲平了，两者都成为适宜于建筑家屋的基址。土是用四轮的木板车搬运的，车台放在四个轮子上，台上放着四合板的木框。木框放在车台上便成为车厢，一把车台放斜时，便带着土壤一齐滑下。车路是轻便铁轨，大抵一架车是由两个工人在后面推送。离我的住居后面不远便是取土的土山，在有工事的时候，每逢晴天的清早在我们还未起床之前，便已听着那运土车在轨道上滚动着的骨隆骨隆的声音。那声音要到天黑时才能止息。每天的工作时间平均当在十小时以上。我有时也每抱着孩子到那工事场去看他们做工。土山的表层挖去了一丈以上，在壁立的断面下有一两个人先把脚底挖空，那上面一丈以上的土层便仗着自己的重量崩溃下来。十几架运土的空车骨隆骨隆地由铁轨上辇回来，二三十个辇车的工人一齐执着铁铲把土壤铲上车去，把车盛满了，又在车后把两手两足拉长一齐推送进去。就那样一天推送到晚。用旧式的文字来形容时是说他们在做着牛马，其实是连牛马也不如的。

他们有他们的工头，大抵是朝鲜人，在开着"饭场"，做工的便在那儿寄食。他们在东京做工时，一天本有八角钱的工钱，工头要扣两角，每天的食费要扣两角，剩下的只有两三角。这是有工作时的话。假使没工作时，食费要另出，出不起的可以向工头借或赊欠，结果是大多数的工人都等于卖了身的奴隶。流到乡下来，工钱和工作的机会更少，奴隶化的机会便更多了。

他们在"饭场"里所用的饭食是很可怜的，每天只有两三顿稀粥，里面和着些菜头和菜叶，那便是他们的常食。他们并不是食欲不进的病人，否，宁是年富力强而劳动剧烈的壮夫，他们每天吃吃稀粥，有时或连稀粥也不能进口，那是可以满足的吗？

——"是的，朝鲜人！"

当我听到 S 夫人说着朝鲜人的声音，在我心中便浮起了一个幻想来。一位才到村上来的朝鲜人在"饭场"里受着伙伴们的怂恿，同时也是受着自己的食欲的鞭挞，在十号的夜间出来偷鸡,恰巧闯进了我们的园子来,便把那只没有飞上小屋的母鸡偷去了。待他回到饭场,向伙伴们谈到他所闯入了的地方时,伙伴中在村上住得久些的自然会知道是我们的园子。那伙伴会告诉他:"兄弟,你所闯入的是中国人的园子啦,他是和我们一样时常受日本警察凌辱的人啦。"就靠着那样的几句话,那只母鸡没有顿时被杀,而且由那位拿去的人在第四天夜里又送转来了。这没有顿时送还而隔了两三天的缘故也是很容易说明的。大约是那几天太疲倦了,在夜里没有牺牲睡眠的余力,不则便是食欲和义理作战,战了两三天终竟是义理得了胜利。

那只母鸡的去而复返,除此而外没有可以解释的第二种的可能。

四

在两位女客谈论了半个钟头的光景走了之后,安娜抱着孩子走到我的面前来。我问她们是谈论了些什么事情,不出所料地是她说:"S夫人疑是'朝鲜拐子'偷去的,村上的'朝鲜拐子'惯做这样偷鸡摸狗的事。"

同时她又向我告诉了一件朝鲜人吃人的流言,也是那S夫人在刚才告诉她的。

说是在东京市的边区M地方,有由乡下带着草药进市做行商的女子走到了一处朝鲜人的合宿处。那儿的"朝鲜拐子"把女子诱上去强迫着轮奸了,还把她杀了,煮来大开五荤。

适逢其会有一位饭场老板，他们的工头，走去，被他们邀请也一同吃了。那工头往茅房里去，才突然发现那粪坑里有一个女人的头和手脚，才知道他所吃的是人肉。他便立即向警察告了密，事情也就穿了。

这样的流言，当然和东京大地震时朝鲜人杀人放火的风说一样，是些无稽之谈。但这儿也有构成这流言而且使人相信的充分理由。朝鲜人的田地房廊被人剥夺了，弄得来离乡背井地在剥夺者的手下当奴隶，每天可有可无的两三角钱的血汗钱，要想拿来供家养口是不可能的。他们受教育的机会自然也是被剥夺了的，他们没有所谓高等的教养，然而他们和剥夺者中的任何大学教授，任何德行高迈的教育家、宗教家等等，是一样的人，一样的动物，一样地有食欲和性欲的。这食欲和性欲的要求，这普及于压迫者与被压迫者之间的要求，便是构成那流言的主要的原因。

释迦牟尼也要吃东西，孔二先生也要生儿子，在日本放浪着的几万朝鲜人的奴隶，怕不只是偷偷鸡、播播风说的种子便可以了事的。

1933 年 9 月 26 日

驴猪鹿马

孝武未尝见驴。

谢太傅问曰:"陛下想其形,当何所似?"

孝武笑云:"正当如猪"。

——见《世说新语》

这位东晋皇帝所闹的笑话,和西晋惠帝问虾蟆的叫声是为公还为私的,真真是无独有偶。

但在孝武帝公然还知道"猪",也可以说是一件了不起的事。不过他所认识的猪或许是祭祀时远远望见陈在牲架上的猪吧。猪去了毛,平滑而净白,看来并不怎么恶心;再加上牲架的高度自然也就可以骑了。

这个笑话也证明全凭主观的想象是怎样的靠不住。这是一种主观主义。但另外还有一种主观主义,却是有意的歪曲客观。顶有名的故事,便是赵高的"指鹿为马"了。

认驴似猪是出于无智,指鹿为马是出于知识的误用。前一种的主观主义,可以用科学的方法以疗治其愚昧,后一种的主观主义愈知道得一些科学方法，愈足以增其诡诈。同一科学，人道主义者用之以增进人类的幸福，法西斯蒂用之以歼灭幸福的人类。在这儿除掉科学的方法之外，显然还须得有道德的力量或政治的力量以为后盾。

要克服主观主义，全靠个人的主观努力依然是不够的。

赵高在作怪，天下的鹿子都会成为马儿。

法西斯细菌不绝灭，一切的科学都会成为杀人的利器了。

驴乎？猪乎？尚其次焉者矣。

1942 年 10 月 23 日

(二) 阅读、创作给我带来生活的乐趣

卖书

我平生苦受了文学的纠缠，我弃它也不知道弃过多少数了。我小的时候便喜欢读《楚辞》《庄子》《史记》《唐诗》，但在一九一三年出省的时候，我便全盘把它们丢了。一九一四年的正月我初到日本的时候，只带着一部《文选》，这是一三年的年底在北京琉璃厂的旧书店买的。走的时候本也想丢掉它，是我大哥劝我，终究没有把它丢掉。但我在日本的起初的一两年，它被丢在我的箱里，没有取出来过。

在日本住久了，文学的趣味不知不觉之间又抬起头来，我在高等学校快要毕业的时候，又收集了不少的中外的文学书籍了。

那是一九一八年的初夏，我从冈山的第六高等学校毕了业，以后是要进医科大学的了。我决心要专精于医学，文学的书籍又不能不和它们断缘了。

我起了决心，又先后把我贫弱的藏书送给了友人们。当我要离开冈山的前一天，剩着《庾子山全集》和《陶渊明全集》两书还在我的手里。这两部书我实在是不忍丢掉，但又不能不丢掉。这两部书和科学精神实在是不相投合的。那时候我因为手里没有多少钱,便想把这两位诗人拿去拍卖。我想起日本人是比较尊重汉籍的,这两部书或者可以卖得一些钱。

那是晚上,天在下雨。我打起一把雨伞走上冈山市去。走到一家书店里我去问了一声。我说:"我有几本中国书……"

话还没有说完,坐店的一位年轻的日本人,在怀里操着两只手,粗暴地反问着我:"你有几本中国书?怎么样?"

我说:"想让给你。"

——"哼",他从鼻孔里哼了一声,又把下颚向店外指了一下,"你去看看招牌罢,我不是买旧书的人!"说着把头掉开了。

我碰了这样一个大钉子,很失悔,这位书贾太不把人当钱了!我就偶尔把招牌认错,也犯不着以这样傲慢的态度来对待我!我抱着书仍旧回到寓所去。路从冈山图书馆经过的时候,我突然对于它生出了惜别意来。这儿是使我认识了Spinoza, Tagore, Kabir, Goethe, Heine, Nietzsche[①]诸人的地方。我的青年时代的一部分是埋葬在这儿的。我便想把我肘下挟着的两部书寄付在这儿。我一下了决心,便把书抱进馆去。那时因为下雨,馆里看书的没有一个人。我向着一位馆员交涉,说我愿寄付两部书。馆员说馆长回家去了,叫我明天再来。我觉得这是再好也没有的,便把书交给了馆员,说明天再来,

---

① 依次为斯宾诺沙、泰戈尔、伽比尔(印度诗人)、歌德、海涅、尼采。

便各自走了。

啊，我平生没有遇着过这样快心的事。我把书寄付了之后，觉得心里非常恬静，非常轻松，雨伞上滴落着的雨声都带着音乐的谐调，赤足上蹴触着的行潦也觉得爽腻。啊，那爽腻的感觉！我想就是耶稣的脚上受着 Magdalen 用香油涂抹时的感觉，也不过是这样罢？——这样的感觉，到现在好像还留在脚上，但已经隔了六年了。

自从把书寄付后的第二天我便离去了冈山。我在那天不消说是没有往图书馆里去。六年以来，我乘火车虽然前前后后地也经过冈山五六次，但都没有机会下车。在冈山三年间的生活回忆时常在我脑中苏活着；但恐怕永没有重到那儿的希望了？

啊，那儿有我和芳坞同过学的学校，那儿有我和晓芙同住过的小屋，那儿有我时常去登临的操山，那儿有我时常去划船的旭川，那儿有我每天清晨上学、每晚放学必然通过的清丽的后乐园，那儿有过一位最后送我上火车的处女，这些都是使我永远不能忘怀的地方。但我现在最初想到的是我那《庾子山集》和《陶渊明集》的两部书呀！我那两部书不知道是否安然寄放在图书馆里？无名氏的寄付，未经馆长的过目，不知道是否遭了登录？看那样书籍的人，我怕近代的日本人中少有罢？即使遭了登录，想来也一定被置诸高阁，或者是被蠹鱼蛀食了。啊，但是哟，我的庾子山！我的陶渊明！我的旧友们哟！你们莫要怨我抛撇！你们也不要埋怨知音的寥落！我虽然把你们抛撇了，但我到了现在也还在镂心刻骨地思念着你们。你们即使不遇知音，但假如在图书馆中健在，也比落在贪婪的书贾手中经过一道铜臭的烙印的，总要幸福得多罢？

啊，我的庾子山！我的陶渊明！旧友们哟！现在已是夜深，也是正在下雨的时候，我寄居在这儿的山中，也和你们冷藏在图书馆里的一样。但我想起六年前和你们别离的那个幸福的晚上，我觉得我也算不曾虚度此生了。

你们的生命是比我长久的，我的骨化成灰，肉化成泥时，我的神魂是借着你们永在。

竹阴读画

傅抱石的名字，近年早为爱好国画、爱好美术的人所知道了的。

我的书房里挂着他的一幅《桐阴读画》，是去年十月十七日，我到金刚坡下他的寓所中去访问的时候，他送给我的。七株大梧桐树参差地挺在一幅长条中，前面一条小溪，溪中有桥，桥上有一扶杖者，向桐阴中的人家走去。家中轩豁，有四人正展观画图。其上仿佛书斋，有童子一人抱画而入。屋后山势壮拔，有瀑布下流。桐树之间，补以绿竹。

图中白地甚少，但只觉一望空阔，气势苍沛。

来访问我的人，看见这幅画都说很好，我相信这不会是对于我的谀辞。但别的朋友，尽管在美术的修养上，比我更能够鉴赏抱石的作品，而我在这幅画上却享有任何人所不能得到的画外的情味。

三十二年十月十七日沫若先生惠临金刚坡下山斋，入蜀后最上光辉也。……

抱石在画上附题了几行以为纪念，这才真是给予了我"最上光辉"。

我这一天日记是这样记着的：

十月十七日，星期日。

早微雨，未几而霁，终日昙。因睡眠不足，意趣颇郁塞。……

十时顷应抱石之约，往访之，中途遇杜老，邀与同往。抱石寓金刚坡下，乃一农家古屋，四围竹丛稠密，颇饶幽趣。展示所作画多幅，意思渐就豁然。更蒙赠《桐阴读画图》一帧，美意可感。

夫人时慧女士享以丰盛之午餐。食时谈及北伐时在南昌城故事。时慧女士时在中学肄业，曾屡次听余讲演云。

立群偕子女亦被大世兄亲往邀来，直至午后三时，始怡然告别。……

记得过于简单，但当天的情形是还活鲜鲜地刻印在我的脑子里面的。

我自抗战还国以后，在武汉时特别邀了抱石来参加政治部的工作，得到了他不少的帮助。武汉撤守后，由长沙而衡阳，而桂林，而重庆，抱石一直都是为抗战工作孜孜不息的。回重庆以后，政治部分驻城乡两地，乡部在金刚坡下，因而抱石的寓所也就定在了那儿。后来抱石回到教育界去了，但他依然舍不得金刚坡下的环境，没有迁徙。据我所知，他在中大或艺专任课，来往差不多都是步行的。

我是一向像候鸟一样，来去于城乡两地的人，大抵暑期在乡下的时候多，雾季则多住在城里。在乡时，抱石虽常相过从，但我一直没有到他寓里去访问过，去年的十月十七日是唯一的一次。

我初以为相隔得太远，又加以路径不熟，要找人领路未免有点麻烦；待到走动起来，才晓得并不那么远。在中途遇着杜老，邀他同行，他是识路的，便把领路的公役遣回去了。

杜老抱着一部《淮南子》，正准备去找我，因为我想要查一下《淮南子》里面关于秦始皇筑驰道的一段文字。

我们在田埂上走着，走向一个村落。金刚坡的一带山脉，在右手绵亘着，蜿蜒而下的公路，历历可见。我们是在山麓的余势中走着的。

走不上十分钟光景吧，已经到了村落的南头。这儿我在前是走到过的，但到这一次杜老告诉我，我才知道村落也就叫金刚坡。有溪流一道，水颇湍急，溪畔有一二家面坊，作业有声。溪自村的两侧流绕至村的南端，其上有石桥，名龙凤桥。过桥，再沿溪西南行，不及百步，便有农家一座，为丛竹所拥护，葱茏于右侧。杜老指出道，那便是抱石的寓所了。

相隔得这样近，我真是没有想出。而且我在几天前的重九登高的时候，分明是从这儿经过的，那真可算是"过门而不入"了。

竹丛甚为稠密，家屋由外面几乎不能看出。走入竹丛后照例有一带广场,是晒稻子的地方,横长而纵狭。屋颇简陋并已朽败。背着金刚坡的山脉,面临着广场,好像是受尽了折磨的一位老人一样。

抱石自屋内笑迎出来了,他那苍白的脸上涨漾着衷心的喜悦。他把我们引进了屋内。就是面临着广场的一进厅堂,为方便起见,用篱壁隔成了三间。中间便是客厅,而兼着过道的使用,实在不免有些逼窄。这固然是抗战时期的生活风味,然而中国艺术家的享受就在和平时期似乎和这也不能够相差得很远。

我们中国人的嗜好颇有点奇怪,画一定要古画才值钱,人一定要死人才贵重。对于活着的艺术家的优待,大约就是促成他穷死、饿死、病死、愁死,这样使得他的人早点更贵重些,使得他的画早点更值钱些的吧?精神胜于物质的啦,可不是!

抱石,我看是一位标准的中国艺术家,他多才多艺,会篆刻,又书画,长于文事,好饮酒,然而最典型的,却是穷,穷,第三个字还是穷。我认识他已经十几年了,他的艺术虽然已经进步得惊人,而他的生活却丝毫也没有改进。"穷而后工"的话,大约在绘事上也是适用的吧?

抱石把他所有的制作都抱出来给我看了,有的还详细的为我说明。我不是鉴赏的事,只是惊叹的事。的确也是精神胜于物质,那样苍白色的显然是营养不良的抱石,哪来这样绝伦的精力呵?几十张的画图在我眼前就像电光一样闪耀,我感觉着那矮小的农家屋似乎就要爆炸。

抱石有两位世兄,一位才满两岁的小姐。大世兄已经十岁了,很秀气,但相当孱弱,听说专爱读书,学校里的先生在担心他过于勤奋了。他也喜欢作画,我打算看他的画,但他本人却不见了。隔了一会他回来了,接着,立群携带着子女也走进来了,我才知道大世兄看见我一个人来寓,他又跑到我家里去把她们接来了的。

时慧夫人做了很多的菜来款待,喝了一些酒,谈了一些往事。我们谈到在日本东京时的情形。我记得有一次在东京中野留学生监督周慧文家里晚餐,酒喝得很多,是抱石亲自把我送到田端驿才分手的。抱石却把年月日都记得很清楚,他说是:"二十三年二月三日,是旧历的大除夕。"

抱石在东京时曾举行过一次展览会,是在银座的松坂屋,开了五天,把东京的名人流辈差不多都动员了。有名的篆刻家河井仙郎、画家横山大观、书家中村不折、帝国美术院院长正木直彦、文士佐藤春夫辈,都到了场,有的买了他的图章,有的买了他的字,有的买了他的画。虽然收入并不怎么可观,但替中国人确实是吐了一口气。

我去看他的个展时是第二天,正遇着横山大观在场,有好些随员簇拥着他,那种飘飘然的傲岸神气,大有王侯的风度。这些地方,日本人的习尚和我们有些不同。横山大观也不过是一位画家而已。他是东京人,自成一派,和西京的巨头竹内栖凤对立,标榜着"国粹",曾经到过意大利,和墨索里尼拉手。他在日本画坛的地位真是有点煊赫。自然,日本也有的是穷画家,但画家的社会比重要来得高些,一般是称为"画伯"的。

抱石在东京个展上摄了一些照片,其中有几张我题的诗,有一张我自己在看画时的背影。他拿出来给我们看了,十年前的往事活呈到了眼前,颇有一种难以言喻的情趣。

我劝抱石再开一次个展,他说他有这个意思,但能卖出多少却没有一定的把握。是的,这是谁也不敢保险的。不过我倒有胆量向一般有购买力的社会人士推荐,因为毫无问题,在将来抱石的画是会更值钱的。

午饭过后杂谈了一些,李可染和高龙生也来了,可染抱了他一些近作来求抱石品评。抱石又把自己的画拿出来,也让二位鉴赏了。在我告辞的时候,他拣出三张画来,要我自己选一张,他决意送我,我有点惶恐起来。别人的宝贵制作,我怎好一个人据为私有呢?我也想到在日本时,抱石也曾经送过我一张,然而那一张是被抛弃在日本的。旧的我都不能保有,新的我又怎能长久享受呢?我不敢要,因而我也就不敢选。然而抱石自己终把这《桐阴读画》选出来,题上了字,给了我。

真是值得纪念的"三十二年十月十七日"!

抱石送我们出了他的家,他指着眼前的金刚坡对我说:"四川的山水四处都是画材,我大胆地把它采入了我的画面,不到四川来,这样雄壮的山脉我是不敢画的。"

——"今天的事情,你可以画一幅'竹阴读画'图啦,读画的人不是古装的,而是穿中山装的高龙生、李可染、杜守素、郭沫若,还有夫人和小儿女。"我这样说着。

大家都笑了。大家也送着我们一直走出了竹林外来。

当到分手的时候,抱石指着时慧夫人所抱的两岁的小姐对我们说。"这小女儿最有趣,她左边的脸上有一个很深的笑窝,你只要说她好看,她非常高兴。"

真的,小姑娘一听到父亲这样说,她便自行指着她的笑窝了,真是美,真是可爱得很。

时间很快便过去了,在十月十七日后不久,我们便进了城。虽然住在被煤烟四袭的破楼房里,但抱石的《桐阴读画》却万分超然的挂在我的壁上。任何人看了都说这幅画很好,但这十月十七日一天的情景,非是身受者是不能从这画中读出来的。因而我感觉着值得夸耀,我每天都接受着"最上光辉"。

梅园新村之行

梅园新村也在国府路上，我现在要到那儿去访问。

从美术陈列馆走出，折往东走，走不好远便要从国民政府门前经过。国府也是坐北向南的，从门口望进去，相当深远，但比起别的机关来，倒反而觉得没有那么宫殿式的外表。门前也有一对石狮子，形体太小，并不威武。虽然有点近代化的写实味，也并不敢恭维为艺术品。能够没有，应该不会是一种缺陷。

从国府门前经过，再往东走，要踱过一段铁路。铁路就在国府的墙下，起初觉得似乎有损宁静，但从另一方面想了一下，真的能够这样更和市井生活接近，似乎也好。

再横过铁路和一条横街之后，走不好远，同在左侧的街道上有一条侧巷，那便是梅园新村的所在处了。

梅园新村的名字很好听？大有诗的意味。然而实地的情形却和名称完全两样。不仅没有梅花的园子，也不自成村落。这是和《百家姓》一样的散文中的散文。街道是崎岖不平，听说特种任务的机关林立，仿佛在空气里面四处都闪耀着狼犬那样的眼睛，眼睛，眼睛。

三十号的周公馆，应该是这儿的一座绿洲了。

小巧玲珑的一座公馆。庭园有些日本风味，听说本是日本人住过的地方。园里在动土木，在右手一边堆积了些砖木器材，几位木匠师傅在加紧动工。看这情形，周公似乎有久居之意，而且似乎有这样的存心——在这个小天地里面，对于周围的眼睛，示以和平建设的轨范。

的确，我进南京城的第一个感觉，便是南京城还是一篇粗杂的草稿。别的什么扬子江水闸，钱塘江水闸，那些庞大得惊人的计划暂且不忙说，单为重观瞻起见，这座首都的建设似乎是刻不容缓了。然而专爱讲体统的先生们去把所有的兴趣集中在内战的赌博上，而让这篇粗杂的草稿老是不成体统。

客厅也很小巧，没有什么装饰。除掉好些梭发（即沙发）之外，正中一个小圆桌，陈着一盆雨花台的文石。这文石的宁静、明朗、坚实、无我，似乎也象征着主人的精神。西侧的壁炉两旁，北面与食厅相隔的左右腰壁上，都有书架式的壁橱，在前应该是有书籍或小摆设陈列的，现在是空着。有绛色的帷幕掩蔽着食厅。

仅仅两个月不见，周公比在重庆时瘦多了。大约因为过于忙碌，没有理发的闲暇吧，稍嫌过长的头发愈见显得他的脸色苍白。他的境遇是最难处的，责任那么重大，事务那么繁剧，环境又那么拂逆。许多事情明明是知其不可为而为，但却丝毫也不敢放松，不能放松，不肯放松。他的工作差不多经常要搞个通夜，只有清早一段时间供他睡眠，有时竟至有终日不睡的时候。他曾经叹息过，他的生命有三分之一是在"无益的谈判"里继续不断地消耗了。谈判也不一定真是"无益"，他所参与的谈判每每是关系着民族的生死存亡，只是和他所花费的精力比较起来，成就究竟是显得那么微末。这是一个深刻的民族的悲哀，这样一位才干出类的人才，却没有更积极性的建设工作给他做。

但是，轩昂的眉宇，炯炯的眼光，清朗的谈吐，依然是那样的有神。对于任何的艰难困苦都不会避易的精神，放射着令人镇定，也令人乐观的毅力。我在心坎里，深深地为人民，祝祷他的健康。

我自己的肠胃有点失调，周公也不大舒服，中饭时被留着同他吃了一餐面食。食后他又匆匆忙忙地外出，去参加什么会议去了。

借了办事处的一辆吉普车，我们先去拜访了莫德惠和青年党的代表们。恰巧，两处都不在家，我们便回到了中央饭店。

写在菜油灯下

考虑到在历史上的地位，和那简练、有力、极尽了曲折变化之能事的文体，我感觉着鲁迅有点像"文起八代之衰而道济天下之溺"的韩愈，但鲁迅的革命精神，他对于民族的贡献和今后的影响，似乎是过之而无不及。

鲁迅生长在民族最苦厄的时代，他吐出了民族在受着极端压抑下的沉痛的呼声。内在的重重陈腐，外来的不断侵凌，毫不容情地压抑着我们，有时几乎快要使我们窒气。但我们就在那样的态度之下，顷刻也不曾停止过反抗的呼声。这呼声像在千岩万壑中冲进着的流泉，蜿蜒，洄洄，激荡，停蓄，有时在深处潜行，有时忽然暴怒成银河倒泻的瀑布。

这呼声，尤其是近二十年来的，通被录音下来了，便在鲁迅的全部著述里面。

民族的境遇根本不平，代表民族呼声的文字自然不能求其平畅。

民族的境遇根本暗淡，反映民族生活的文字自然不能求其鲜丽。

汪洋万顷的感觉,惠风和畅的感觉,在鲁迅的文字中罕有。这与其说是鲁迅的性格使然,甯是时代的性格使然。

许多对于鲁迅的恶评:"褊狭","偏私","刻薄","世故"……事实上,都是有意无意的诬蔑。

我不曾和鲁迅见过面,他的生活、性情、思想,不曾有过直接的接触。——这在我是莫大的遗憾。

但以鲁迅的学识、经验、名望,假如他真是"世故",或多少"世故"得一点,他决不会那样疾恶如仇,尽力以他的标枪匕首向社会恶魔投掷。

假如要代表社会恶魔来说话,那鲁迅诚不免是"褊狭","偏私","刻薄"。这在鲁迅正是光荣。

我曾经对于骂鲁迅的人,替鲁迅说过这样的几句话:

"同一样是骂人,而鲁迅之所以受青年爱戴者,是因为他所骂的对象,既成的社会恶魔,为无染的青年所未具有。鲁迅之骂是出于爱,他是爱后一代人,怕他们沾染了积习,故不惜呕尽心血,替青年们作指路的工夫,说这儿有条蛇,那儿有只虎,这儿有个坎,那儿有个坎,然而也并不是叫他们一味回避,而是鼓励他们把那蛇虎驱掉,把那坎陷填平。"

这几句话,我不敢说果能道着鲁迅的心事,但在我是毫无溢美、毫无阿好的直感。

鲁迅在时,使一部分人"有所恃而不恐",使另一部分人"有所惮而不为"的,现在鲁迅已经离开我们四年了。

蛇虎呢?依然出没。坎陷呢?依然纵横。

剩给我们的是：加紧驱逐和填平的工作。

鲁迅是奔流，是瀑布，是急湍，但将来总有鲁迅的海。

鲁迅是霜雪，是冰雹，是恒寒，但将来总有鲁迅的春。

1940年6月

梦与现实

上

昨晚月光一样的太阳照在兆丰公园的园地上。一切的树木都在赞美自己的悠闲。白的蝴蝶，黄的蝴蝶，在麝香豌豆的花丛中翻飞，把麝香豌豆的蝶形花当作了自己的姊妹。你看它们飞去和花唇亲吻，好像在催促着说：

"姐姐妹妹们，飞罢，飞罢，莫尽站在枝头，我们一同飞罢。阳光是这么和暖的，空气是这么芬芳的。"

但是花们只是在枝上摇头。

在这个背景之中，我坐在一株桑树脚下读泰戈尔的英文诗。

读到了他一首诗，说他清晨走入花园，一位盲目的女郎赠了他一只花圈。

我觉悟到他这是一个象征，这盲目的女郎便是自然的美。

我一悟到了这样的时候，我眼前的蝴蝶都变成了翩翩的女郎，争把麝香豌豆的花茎做成花圈，向我身上投掷。

我埋没在花园的坟垒里了。

我这只是一场残缺不全的梦境,但是,是多么适意的梦境呢!

下

今晨一早起来,我打算到静安寺前的广场去散步。

我在民厚南里的东总弄,面着福煦路的门口,却看见了一位女丐。她身上只穿着一件破烂的单衣,衣背上几个破孔露出一团团带紫色的肉体。她低着头蹲在墙下把一件小儿的棉衣和一件大人的单衣,卷成一条长带。

一个四岁光景的女儿蹲在她的旁边,戏弄着乌黑的帆布背囊。女丐把衣裳卷好了一次,好像不如意的光景,打开来重新再卷。

衣裳卷好了,她把来围在腰间了。她伸手去摸布囊的时候,小女儿从囊中取出一条布带来,如像漆黑了的一条革带。

她把布囊套在颈上的时候,小女儿把布带投在路心去了。

她叫她把布带给她,小女儿总不肯,故意跑到一边去向她憨笑。

她到这时候才抬起头来,啊,她还是一位——瞎子。

她空望着她女儿笑处,黄肿的脸上也隐隐露出了一脉的笑痕。

有两三个孩子也走来站在我的旁边,小女儿却拿她的竹竿来驱逐。

四岁的小女儿，是她瞎眼妈妈的唯一的保护者了。

她嬉玩了一会，把布带给了她瞎眼的妈妈，她妈妈用来把她背在背上。瞎眼女丐手扶着墙起来，一手拿着竹竿，得得得地点着，向福煦路上走去了。

我一面跟随着她们，一面想：

唉！人到了这步田地也还是要生活下去！那围在腰间的两件破衣，不是她们母女两人留在晚间用来御寒的棉被吗？

人到了这步田地也还是要生活下去！人生的悲剧何必向莎士比亚的杰作里去寻找，何必向川湘等处的战地去寻找，何必向大震后的日本东京去寻找呢？

得得得的竹竿点路声……是走向墓地去的进行曲吗？

马道旁的树木，叶已脱完，落叶在朔风中飘散。

啊啊，人到了这步田地也还是要生活下去！……

我跟随她们走到了静安寺前面，我不忍再跟随她们了。在我身上只寻出了两个铜元，这便成了我献给她们的最菲薄的敬礼。

1923年冬，在上海

我们的文化

世界是我们的，未来的世界文化是我们的。

我们是世界的创造者，是世界文化的创造者，而未来世界，未来世界的文化已经在创造的途中。

创造的前驱是破坏，否，破坏就是创造工程的一部分。

鸡雏是鸡卵的破坏者，种芽是种核的破坏者，胎儿是母胎的破坏者，我们是目前的吃人世界的破坏者。

目前吃人的世界，吃人的文化，是促进我们努力破坏的动机，也是促进我们努力创造的对象。

旧的不毁灭，新的不会出来，颓废的茅屋之上不能够重建出摩天大厦。

以吃人的世界、吃人的文化为对象而从事毁灭，这当然是有危险的事，唯其有危险，所以我们的工程正一刻也不能容缓。

世界已经被毒蛇猛兽盘踞，当然的处置是冒犯一切危险与损失，火烧山林。

世界已经有猛烈的鼠疫蔓延，我们只有拼命地投鼠，那里还能够忌器?

和毒蛇猛兽搏斗的人多死于毒蛇猛兽,和鼠疫搏斗的人也多为鼠疫所侵害,这正是目前社会所不能掩饰的不合理的悲剧。然而这儿也正是我们的世界,我们的文化的精神中枢。

我们的精神是献身的。

我们的世界是我们的头颅所砌成,我们的文化是我们的鲜血的结晶。

长江是流徙着的。流过巫山了,流过武汉了,流过江南了,它在长途的开拓中接受了一身的鲜血,但终竟冲决到了自由的海洋。

这是人类进化的一个象征,这是人类进化的一个理想。

人类是进化着的,人类的历史是流徙着的。

人类的整个历史是一部战斗的历史,整个是一部流血的历史。

但是历史的潮流已经快流到它的海洋时期了。

全世界的江河都在向着海洋流。任你怎样想高筑你的堤防,任你怎样想深浚你的陂泽。你不许它直撞,它便要横冲,你不许它横冲,它便要直撞。

你纵能够使它一时停滞乃至倒流片时,然而你终不能使它永远倒流向山上。

在停滞倒流的一时片刻中,外观上好像是你的成功,然而你要知道在那个时期以后的更猛烈、更不容情的一个冲决。

谁能够把目前的人类退回得到猩猩以前的时代？

谁能够把秦始皇帝的威力一直维系到二十世纪的今天？

河水是流徙着的，我们要铲平阻碍着它的进行的崖障，促进它的奔流。

历史是流徙着的，我们开拓历史的精神也就是这样。

中国的历史已经流了三千年了，它已经老早便流到世界文化的海边。

然而不幸的是就在这个海边，就在这个很长的海岸线上，沿海都是绵亘着的险峻的山崖。

中国的历史是停顿着了，倒流着了，然而我们知道它具有不可限量的无限大的潜能。

我们的工程就在凿通这个山崖的阻碍。由内部来凿通，由外部来凿通，总要使中国的历史要如像黄海一样，及早突破鸿蒙。

有人说我们也在动，我们也要冲，但我们是睁开眼睛的，不能像你们那样"盲目"的横冲，我们要等待"客观条件的成熟"。

"我们的慰安是尺寸的进步，是闪烁的微光。"

好的，真正是你的慰安呀，别人为你准备好的客观条件已经快要成熟了。

为你这对可爱的三寸金莲已经准备下三千丈长的裹脚布，让你再去裹小一些，好再走得袅娜一点。

为你这个标致的萤火虫儿已经准备好了一个金丝笼子，让你在那儿去慰安，让你也在那儿去进步，让你尾子上的一点微光在那儿去闪烁。

哼，真是不盲目的腐草里面生出的可怜虫！

宇宙的运行明明白白是摆在眼面前的，只有盲目的人才说它是"大谜"。

宇宙的内部整个是一个不息的斗争，而斗争的轨迹便是进化。

我们的生活便是本着宇宙的运行而促进人类的进化。

所以我们的光热是烈火，是火山，是太阳；我们的进行是奔湍，是弹丸，是惊雷，是流电。

在飞机已经发明了的时候，由上海去到巴黎有人叫你要安步以当车，一寸一尺的慢慢走去。

在电灯已经发明了的时候，在这样个暴风狂雨的漫漫长夜，有人叫你要如像艾斯基摩（Eskimo）人一样死守着一个鱼油灯盏，要用双手去掩护着它，不要让它熄灭。

这种人是文化的叛逆者，是自然法则的叛逆者，同时也就是我们当前的敌人。

所以我们的口号是：世界是我们的。

我们要凿通一条运河，使历史的潮流赶快冲到海洋。

我们已经落后得很厉害了，我们要驾起飞机追赶。

我们要高举起我们的火把烧毁这目前被毒蛇猛兽盘踞着

的山林。

担负着创造世界的未来的人们,我们大家团结起来。

我们同声的高呼:我们要创造一个世界的文化,我们要创一个文化的世界!

我的散文诗（四题）

冬

偌大个青翠的松原，也都凋到了这么个田地！

我就好像趾在个瀚海当中，有一群无数的瘘乞丐，披着了破烂的蓑衣，戴着编成了蒲团一样的头发，伸着些贪婪的空手，在向我乞怜的一样。

这儿却有两株枇杷，一株柚树，这要算是个 Casis 了！它们生在不同调的这些异族当中，虽觉得有些寂寥，但是被这落寞的环境，倒形容得更十分的鲜嫩可爱。枇杷叶中的少年们，如像一片片的碧玉，异常葱秀。柚树枝头的柚子已经带着嫩金色了。

一个穿件博大的黑色披风的人在这枯林中窜走。他时时抬起头来望望上面的天空，他带着个尸首一样的面孔。

他提着个绝大的网篮，沿路收拾起尸骸在走，走向个绝大绝大的墓地里去。我站在墓碑面前，只听着"咚！"的一声——午炮。

她与他

沉黑的一个大海!

她与他坐在海岸边上对话:

她——我昨晚上做了一个梦,梦见三个女人在登一个钩形的悬崖,一个在前,一个在后,中间一个便是我,我还背着一个儿子。我们是攀着一根旧麻绳登上去的。在前的一个登上去了,麻绳看看便要断,我好容易悬心吊胆地也才登了上去,上去就醒了,不知道在后的一个是怎么样。

他——你这是篇绝妙的象征诗料啊!……

她——诗!倒不如死!谁能够像你一样卑怯,只藏在一幻影里面呻吟呢?

他——呵,你们女子的生涯,难道只解徒吃面包吗?

她——那么,我从明天起便断食!

她到头终没有把他了解得到。

女尸

我在病理解剖室中看见大理石的解剖台上横陈着一个尸首。

我先看见她黑油油的一条发辫,我吃了一惊,我以为是中国人,后来才知道是位妙龄女子。

她全身如像蜡人一样,又如像玉石雕成了的一尊睡神。

她两个晕红未褪的面庞如像着了霜的两瓣茉莉。

她谢了的蔷薇花色的嘴唇中露出一行放嫩光的石榴子来。我看着解剖的人在她胸腹上开了刀,她毫不流落些儿眼泪,也没有人替她流落些儿眼泪。我不知道她在生的时候有没有人爱过她,也不知道她在生的时候有没有她爱过的。

她只把她的一双眼儿紧紧闭着。

我想她现在看着的一定是个更宏广,更自由,更光明美丽的世界!

大地的号

我这几晚上,连夜连晚都听着地底有种号咷痛哭的声音:

"我痛苦呀!我痛苦呀!我被你们一大群没多大野心的小民贼儿踩蹦着,踩蹦得我再也不能忍耐了。我不信我同类当中便莫有陈涉、吴广第二出现!"

连夜连晚都在这么号咷痛哭,哭的声音愈见高,愈见大,哭得使我愈见不能安寝。

啊!可怕!可怕!可怕!……

游湖

一出玄武门，风的气味便不同了。阵阵浓烈的荷香扑鼻相迎。南京城里的炎热，丢在我们的背后去了。

我们一共是六个人：外庐、靖华、亚克、锡嘉、乃超、我。在湖边上选了一家茶馆来歇脚，我们还须得等候王冶秋，离开旅馆时是用电话约好了的。

一湖都是荷叶，还没有开花。湖边上有不少的垂柳，柳树下有不少的湖船。天气是晴明的，湖水是清洁的，似乎应该有游泳的设备，但可惜没有。

陈列着的一些茶酒馆，虽然并没有什么诗意，但都取着些诗的招牌。假如有喜欢用辞藻的诗人，耐心地把那些招牌记下来，分行地写出，一定可以不费气力地做成一首带点词调味的新诗，我保险。

时间才十点过钟，游湖的人已相当杂沓。但一个相熟的面孔也没有。大抵都是一些公务人员和他们的眷属，穿军服的人特别多，我们在这儿便形成了一座孤岛。

刚坐下不一会，忽然看见张申府一个人孤零零地从湖道上走来。他是显得那么孤单,但也似乎潇洒。浅蓝色的绸衫,白哔叽的西装裤,白皮鞋,白草帽,手里一把折扇,有点旧式诗人的风度。

——"一个人吗?"

——"是的,一个人。"

我在心里暗暗佩服,他毕竟是搞哲学的人,喜欢孤独。假使是我,我决不会一个人来;一个人来,我可能跳进湖里面去淹死。但淹死的不是我,而是那个孤独。忽然又憬悟到,屈原为什么要跳进汨罗江的原因。他不是把孤独淹死了,而一直活到了现在的吗?

张申府却把他的孤独淹没在我们六个人的小岛上来了。我们的不期而遇也显然地增加了他的兴趣。

接着王冶秋也来了。同来的还有一位在美军军部服务的人,是美国华侨的第二代。

冶秋是冯焕章将军的秘书,他一来便告诉我们:冯先生也要来,他正在会客,等客走了他就动身。

这在我倒是意料中的事,不仅冯将军喜欢这种民主作风,便是他自己的孤独恐怕也有暂时淹没的必要。我到南京来已经四天,还没有去拜望他,今天倒累得他来屈就了。

十一时将近,游湖的人渐渐到了高潮。魁梧的冯将军,穿着他常穿的米色帆布中山服,巍然地在人群中走来了。他真是出类拔萃地为众目所仰望,他不仅高出我一头地,事实上要高出我一头地半。

我们成为了盛大的一群，足足有十一个人，一同跨上了一只游艇。游艇有平顶的篷，左右有栏杆，栏杆下相向地摆着藤机藤椅。在平稳的湖面上平稳地驶着。只有船行的路线是开旷的，其余一望都是荷叶的解放区。湖水相当深，因而荷叶的梗子似乎也很长。每一片荷叶都铺陈在湖面上放怀地吸收着阳光。水有好深，荷叶便有好深，这个适应竟这样巧合！万一水突然再涨深些，荷叶不会像倒翻雨伞一样收进水里去吗？要不然，便会连根拔起。

在湖上游船的人并不多，人似乎都集中到茶酒馆里去了。也有些美国兵在游湖，有的裸着身子睡在船头上作阳光浴。

湖的本身是很迷人的，可惜周围缺少人工的布置。冯将军说，他打算建议由国库里面提出五千万元来，在湖边上多修些草亭子，更备些好的图书来给人们阅读。这建议是好的，但我担心那五千万元一出了国库，并不会变成湖畔的草亭子，而是会变成马路上的小汽车的。图书呢？当然会有，至少会有一本缮写得工整的报销簿。

冯将军要到美国去视察水利，听说一切准备都已经停当了，只等马歇尔通知他船期。冯将军极口称赞马歇尔，说他真是诚心诚意地在为中国的和平劳心焦思，他希望他的调解不要失败。听说有一次马歇尔请冯吃饭，也谈到调解的问题，他竟希望冯帮忙。冯将军说："这话简直是颠倒了。我们中国人的事情由马帅来操心，而马帅却要我们中国人帮他的忙。事情不是完全弄颠倒了吗？"

是的，马歇尔在诚心诚意图谋中国的和平，我能够相信一定是真的。就是他的请冯将军帮忙，我也能够相信是出于他的诚心诚意。但我自己敢于承认我是一位小人；在我看来，马歇尔倒始终是在替美国工作。中国的和平对于美国是有利益的事，故尔他要我们中国人替他帮忙。要争取和平，中国人应该比美国人还要心切。事实上也是这样。不过争取和平有两种办法，有的是武力统一的和平，有的是放弃武力的和平；而不幸的是美国的世界政策和对华政策所采取的是第一种倾向。这就使和平特使的马歇尔左右为难了。消防队的水龙，打出来的是美孚洋油，这怎么能够救火呢？

但我这些话没有说出口来，不说我相信冯将军也是知道的，只是他比我更有涵养，更能够处之泰然罢了。

中国人的一厢情愿自然是希望美国人帮忙中国人的解放，帮忙中国的建设，然而马歇尔可惜并不是真正姓马。

船到两座草亭子边上的一株大树下停泊了。冯将军先叫副官上岸去替每一个人泡了一盅茶来，接着又叫他买馒头，买卤肉，买卤鸭，替每一个人买两只香蕉。茶过一巡之后，副官把食物也买来了，一共是荷叶三大包。真是好朋友，正当大家的食欲被万顷的荷风吹扇着的时候。于是大家动手，把藤茶几并拢来放在船当中，用手爪代替刀叉，正要开始大吃。冯将军说："不忙，还有好东西。"他叫副官从一个提包里取出了一瓶葡萄酒来，是法国制的。冯将军是不嗑酒的人，他说："这酒是替郭先生拿来的。"这厚意实在可感。

没有酒杯，把茶杯倾了两盅，大家来共饮。不喝酒的冯将军，他也破例嗑了两口。

这情形令我回想到去年七月初的一个星期日。在莫斯科，舟游莫斯科运河，坐的是汽艇，同游者是英国主教和伊朗学者，但感情的融洽是别无二致的。天气一样的晴明，喝酒时也一样的没有酒杯。转瞬也就一年了，在那运河两岸游泳着的苏联儿童和青年男女们，一定还是照常活泼的吧。当时有一位苏联朋友曾经指着那些天真活泼的青少年告诉我，那是多么可爱的呀，不知怎的世间上总有好些人说苏联人是可怕的人种。但这理由很简单。不仅国际间有着这样的隔阂，就是在同一国度里面也有同样的隔阂。有的人实际上是情操高尚，和蔼可亲，而被某一集团的人看来，却成了三头六臂的恶鬼，甚至要加以暗杀。问题还是在对于人民的态度上，看你是要奴役人民还是服务人民。这两种不仅是两种思想，而且是两种制度。只有在奴役人民的制度完全废除了的一天，世界上才可以有真正的民主大家庭出现。

值得佩服是那位在美国军部服务的华侨青年，他对于饮食丝毫不进。听说美国军部有这样的规定：不准在外面乱用饮食。假使违背了这条规定，得了毛病是要受处分的。这怕是因为近来有霍乱的流行的原故吧？平时在外间喝得烂醉的美国大兵是很常见的事，然而今天的这位华侨青年倒确确实实成为了一位严格的清教徒了。

把饮食用毕，大家到岸上去游散。不期然地分成了两群。

冯将军的一群沿着湖边走,我们的一群加上张申府却走上坡去。一上坡,又是别有天地。原来那上面已经辟成了公园,布置得相当整饬。这儿的游人是更加多了。茶馆里面坐满的是人。有些露天茶室或餐厅,生意显得非常繁昌。也有不少的游客,自行在树荫下的草地上野食。

我们转了一会,又从原道折回湖滨,但冯将军们已经不见了。走到那大树下泊船的地方,虽然也泊着一只船,但不是我们的那一只。毫无疑问,冯将军们以为我们不会转来,他们先回去了。我心里有点歉然,喝了那么好的酒,吃了那么多的东西,竟连谢也没有道一声。但我们也可以尽情地再玩了,索性又折回公园里去,到一家露天茶室里,在大树荫下喝茶。

我是中国人

一

在东京桥区的警察局里，被拘留到第三天上来了。

清早，照例被放出牢房来盥洗之后，看守人却把我关进另一间牢房里去了。是在斜对过的一边，房间可有两倍大。一个人单独地关在这儿，于是便和秃松分离了。这给了我一个很大的精神上的打击。我顿然感觉着比初进拘留所时还要抑郁。

和秃松同住了一天两夜，他在无形之中成了我的一个支柱。白天他鼓励我，要我吃，要我运动，务必要把精神振作起来，免得生病。晚上他又关心我的睡眠，替我铺毯子，盖毯子，差不多是无微不至的。

他真是泰然得很，他自己就跟住在家里的一样。有他这样的泰然放在身边，已经就是一个慰藉，更何况他还那样的亲切，那样的善良。我对于他始终是怀着惊异的，怎么会有这样的人呢？然而竟公然有这样的人。

我憎恨着那个看守。那是像一株黄桷树一样的壮汉，把我和秃松分开了。是出于他的任意的调度，还是出于有心的惩罚呢？同住在一道的时候，秃松是喜欢说话的，而我的耳朵又聋，因此时时受着看守的虎声虎气的干涉。大约就为了这，那株坏材便认真作起威福来了吧？不管怎样，这对于我的确是精神上的一个打击。

房间已经够大了，一个人被关着，却显得更大。但这儿却一点也不空洞。虽然四面是围墙，除我一个人而外什么也没有，但这儿是一点也不空洞的。那四围的墙壁上不是充满着人间的愤怒、抑郁、幽怨、号叫吗？那儿刻满着字画，有激越的革命口号，有思念家人的俳句，有向爱人诉苦的抒情诗，有被幽囚者的日历。那些先住者们不知道是用什么工具刻划上去的，刻得那么深，那么有力！

盘旋，盘旋，盘旋，顺着走过去，逆着走过来，我成了一只铁栏里的野兽，只是在牢房里兜圈子。偶尔也负隅，在草席上胡坐一下，但镇静不了好一会，又只好起来盘旋着……

上午十时左右，看守来开门了："喂，出来！"他向我吼了一声，我出了牢门。照例又在看守处把裤带、衣扣、钱包等交还了我。我明白我又要被放出去晾一下了；过了一会，依然会被关还原处的。

走出拘留所后，同样被一位武装警察，把我带着上楼，进了审问过我两次的那间会议室。这次却有四个人在等着我。那位"袁世凯"坐在长桌的一头，旁边坐着从市川押解我来的那条壮汉。另外，又添了两个人：一个有点像朝鲜人，我记得是他最初踏上了我市川寓里的居室的，他和壮汉同坐在一边；另一个是第一次见面，瘦削得跟猴子一样，他却隔离着坐在对面通侧室的门槛。

依然是"袁世凯"的那一位主讯。问的还是前两次的那些话。他手里有着一张记录，要我阅读一遍，又问我有没有错误。我阅读了，承认没有错误。他要我签个字在旁边，我签了。他又要我打一个指印，我也打了。于是他指着那位瘦猴子说："这位是司法主任，他要给你照几张相片，回头还有话给你说。"

于是那司法主任按壁上的叫铃，又有武装警察进来了，他吩咐带我去照相。我起来走动着，四位也跟着我走。走到了楼下的一间光线很充足的房里，司法主任用一张白纸写上了我的名字，要拿来别在我的胸上。我拒绝了。我说："对不住，我并不是犯人。"猴子脸痉挛了一下，准备发作，"袁世凯"却来缓颊："不要紧的，可以折中办理，把这纸条贴在这椅背上，不要别在胸上。"我想，这不还是一样吗？但你不让他照吧，他也有办法把你的名字写在胶片上的，我也就随他去了。照了正面，照了左右两侧面，又照了背面，一共四张。照得竟这样周到！这是什么意义呢？已经把我关着了，难道还怕我逃跑吗？我在这样想着。

相照好了，又把我带上楼，又进了会议室。这次的"袁世凯"却和颜悦色地向我说起话来了："今天你可以回家了，但在走之前，司法主任要给你讲话。"

这一突然的宣告，使我出乎意外，就这样便放我出去了吗？我心里明白，一定是安娜在外边的奔走收到了效果。但我心里却也没有感受着怎样的快活。照相的意思，我到这时候也才完全明了了。原来是想把我释放进更大范围的监视里去。

猴子开始说话了，俨乎其神的一个"训饬"的样子——这是我后来才知道，凡是被检束或拘留的人，在被释放的时候，要被司法主任严烈地"训饬"一顿。

他说：本来是打算更挫折你一下的，但念你有病——他插问我一句："你不是头痛吗？"我倒把这件事情忘了，起初被抓来时，的确是在头痛的，但关了两天两夜，头痛倒老早忘记了。——因此提前释放你。（好家伙，你完全把我当成罪犯！）但你要明白，日本警察是不好惹的。你在我国做一位客人，要做一位循规蹈矩的客人，我们会保护你和你的眷属。假如你有什么不轨的企图，我们随时可以剥夺你的自由，甚至你的生命！（好家伙，你有杀人的本领！）好，你是一个知识分子，一切事情你自己应该明白，多余的话，我也不必向你说了。

这样经了一番"训饬"之后，案件表示结束了。我便向"袁世凯"发问：我是不是就可以走？

——不，不要着急啦，还要请你吃中饭。"袁世凯"更加和颜悦色地说，他倒在窗下的一个沙发上去了。

其余的也跟着解除了精神上的武装，和我开始漫谈起来。

原来那位像朝鲜人的，懂得几句中国话，在外事课中要算是"支那通"，为了奉命调查我的下落，他足足苦了半年。警视厅晓得我是到了日本，但不晓得我住在什么地方。他们也怀疑到吴诚就是我，因为那位到东京考查教育的吴诚，一从神户登陆之后，便失掉了去向。他们甚至打过电报到南昌大学去询问。"支那通"不胜惊异地说："真是稀奇得很！那边回电报来说，有这位教授吴诚。"这自然是出乎意外的巧合，我当初用这个假名的时候，的确是随意捏造的。"支那通"提到了仿吾给我的那封长信来，那信果然被他们检查了去，他为翻译那封长信，弄得两晚上没有睡觉。我到这时又算弄明白了一件事，就是这家伙的中文程度太蹩脚，使我在拘留所里多住了一天一夜。

"支那通"从他的提包里面把信拿了出来，红笔蓝笔勾涂满纸，但有好些地方他依然不懂。他要我讲解，我给他讲解了。日本人对于中国的文言文是比较容易领会的，因为他们积了一千年的经验，有他们的一套办法，读破我们的文言文。但他们拿着白话文便感棘手，很平常的话，都要弄得不明其妙。那封信，"支那通"说：他们要留下来做参考，希望我送给他们。这分明是强盗的仁义，我也慷慨地答应了。我想，假使东京的警视厅没有被炸毁，那封信或许到今天，都还被保存在他们的档案里的吧？

端了两碗日本面来，是一种没有卤的粗条面，他们叫着"乌东",汉字是写成"馄饨"的。我草率地吃了,我道谢了他们。这次可该我走了。我问他们:"是不是还要送我回市川?"那位押解我来的壮汉说:"不了,你的地理不是很熟悉的吗?"我明白他话里面是有意义的,但我没有再多说话,我动身走了。

那是阴郁的一天,走出了警局的大门,我看着一天的阴郁,而这阴郁差不多是透彻着我的内心的。我自己很明白,我只是从一间窄的牢房被移进宽的牢房,从一座小的监狱被移进大的监狱。但我背后却留下了一样东西,那便是在拘留所中和我同住了一天两夜的秃松。我没有办法去向他告别,我很感觉遗憾。他以后在拘留所里面不会再看见我,我相信他一定会替我高兴,他会以为我是得到"自由"了。他是泰然的,但我能泰然吗?可惜我的旁边失掉了这样的一个泰然,而且是永远失掉了!

站在这警察局的门外,踌躇了好一会,我看定确实也没有什么人跟我,我便踱过街去。

京华堂就在斜对面的街上,我踱进那店里,打算去打听小原荣次郎的情形。我在这儿又看见了鲁迅写的那首诗:

椒焚桂折佳人老,独托幽岩展素心。
岂惜芳心遗远者?故乡如醉有荆榛。

那是一幅小中堂,嵌在玻璃匣里面,静静地悬挂在账台旁边的壁上。小原老板娘出来了,态度很冷淡,而且有点不耐烦。我问小原,她说上半天才放出来,洗了澡,吃了中饭,在睡午觉。接着就开始了她的唠叨。但她使我弄明白了,原来火头就是小原。小原时常跑上海办货,因为有走私的嫌疑,受了警察的搜查,而在他那里,却发觉了他和我有往来,因此便受了两倍的嫌疑,而被拘留了。他被拘留了五天,要多我两天。这多了的两天是东京警视厅对我的暗访,和他们行文到市川警察局,正式会同拿捕,所费掉了的。在我被抓前两天的中午时分,有几个刑士样的人,曾在我住宅周围盘旋过,那一个疑团到这时也才冰释了。

老板娘很直率,她明白地说:"小原在埋怨你,要你以后不要再由我们这里兑款子了。"小原在北伐期中曾经到过广州,那时他替安娜们照过一些相片,老板娘也取了出来交给我。她说:"小原说的,打算给你们寄来,我现在就亲手交给你了。"我知道,他们是要乐得一个干净,免得将来再惹是生非的。我道了歉,并道了谢。但我揣想:恐怕老板娘还不知道我也被拘留了三天,我便告诉了她。她说:"是的,我知道的。小原看见了你,也听见局里面的人说。"

于是我就像一只落水鸡一样离开了京华堂。想到村松梢风也可能是受了连累的,便乘电车到骚人社去。果然,他那一间在楼上临街的编辑室,坐满了客人,都是来慰问他的。"骚人"另外显示了一个新的意义,便是骚攘不宁的人了。村松完全失掉了他那委婉持重的常态,非常兴奋地在向着客人们诉说他的经过。

原来在我被抓的那一天傍晚，他的编辑所也被搜查了。村松当时不在家，他的太太便被抓去做了人质。第二天清早村松自行去投局，才把太太换了回来。他们更不幸的是被拘留在神田区的警察局，便是秃松所说的"最下等的地方"。一间牢房里拘留着二十来个人，村松和他的太太，各个在那样的猪圈里挤着坐了一夜。村松是在午前释放出来的。

村松和他的夫人对于我的态度都忽然地陌生起来了，他们的怨恨似乎都集中到了我的身上，在座的客人都以异样的眼光看我。我感觉着我的周身时而在作寒作冷。这真是有趣，我是拿着中国钱到日本来过生活的，我犯了你日本什么呢？白白地关了我三天，受了无穷的侮辱，但谁也没有向我道过一声歉，仿佛我是罪有应得，而且我还自不知趣，跑来连累了别人。我知道，我是被眼前的人们视为瘟神了。

好吧，我就知趣一些！我匆匆地，差不多等于狼狈地，又从骚人社告辞了出来。我很想往品川去看看斋藤家的情形，但我再没有多余的勇气了。几天来的疲倦，一齐冲集了上来，脑子突然痛得像要炸裂。满街的日本人看来都像是刑士。我没有胆量去坐电车，我受不了那满电车的刑士的眼光。于是我在街头任意雇了一乘圆托，闭着眼睛便一直让它驶回了市川的寓所。

二

回到市川已经是傍晚时分了。家中的一切和往常一样，小的一个女孩子,照样的欢呼着跑来拥抱着我。因为她的母亲瞒着了她,她竟以为我是去旅行了回来,看见我没有带回些土产,倒表示了小小的失望。

安娜告诉我:我去东京后,以为当天晚上便可以回来的,没想到竟没有回来。第二天她才邀请横田兵左卫门同往东京,去访问那思想检事平田熏。据平田的表示也是没有问题的,很快就可以回家。她到品川去过,斋藤家算没有受波及,虽然有人去调查过,但没有拘留他们。市川的警察局很客气,他们对于东京警察的越俎代庖,抱着不平。横田家也是安然无恙的。

这些对于我当然是很大的安慰,我为表示我的歉意和谢意,便和安娜一道去访问横田。

横田还是那样豁落着一双眼睛,把手罩在嘴前面说话,但他也好像有点从梦里醒来的样子。他抱歉而又似乎讽刺地说,他的翅膀太小了,掩护不了我这个"鸵鸟蛋"。——他是这样比譬我,在他或许是出于恭维,而在我却是感着了侮辱。然而他也尽了他的至善,倒是事实,我自然是感谢着他的。他又说:"也好,一切都扯开了,以后不会再有问题了。"

是的,也好,以后还会有什么问题呢?我的行动以后一直是受着了两重的监视:一重是刑士,一重是宪兵。但事实上还不仅止这两重,而是在这两重之外,还有重重的非刑士、非宪兵的日本人的眼睛,眼睛,眼睛!

周围的空气的确是变了,邻人们都闪着戒备而轻视的眼光。那对于我倒还比较简单，对于安娜是应该更复杂的了。那分明是在说："你太不自爱，以一个日本女人，而嫁给支那人做老婆，而且是一个坏蛋！"

这是使人受不了的。因此我们便决定搬家，特别是安娜，搬家的心异常迫切。

当然我们也不能搬得太远，而且也不好搬出市川。就在真间区的北部有一带浅山，名叫真间山（Mamayama）。那山上有一座佛寺，有茂盛的松林，也有可供眺望的一座亭子。我是时常带着孩子们到那儿去散步的。从那亭子上可以俯瞰市川的市容，遥望江户川的上下游和彼岸的东京郊外。就在那山脚下不远处，在供奉着女神"手儿奈"（Tekona）的神社旁边，我们找着了一间新造不久的房子，从地位、大小、房金来说，都使我们相当满意。在我从东京回来，不出十天光景，我们便搬到这儿来了。

这是一座相当僻静的家。它有一间书房，一间正室，一间侧室，附有玄关间、厨房和浴室。背着真间山，坐北向南。屋前有一条甬道，东西横贯。东头是大门，西头是一区水井地带。以短短的栅栏隔出后门，和外面的一带小小的死巷相通。经过那死巷可以通往街道。那便是北通真间山、南通市川镇的大道了。大门倒是向田野开放着的，隔不两家便是田畴了。大门内有一片园地，只在篱栅边种了些樱花树和夹竹桃之类，地面空旷着，在等待着居住的人把它辟成花园或者菜圃。这园地在房屋的东头，可接受全面的阳光，小小的书斋便是面临着这片园地的。书斋在东南两面开窗,窗外有回栏可凭眺,的确是可以够得上称为小巧玲珑。小巧处呢?是在它只有四席半的容积。我特别喜欢这书斋,我的那套三部曲:《中国古代社会研究》《甲骨文字研究》《殷周青铜器铭文研究》,主要就是在这儿写出的。

读过我《中国古代社会研究》的人,应该还记得那里面有一篇《周金中的社会史观》吧?那是就周代的金文来研究周代的社会的。在那文章后面有这样的一行标注:"一九二九年十一月七日夜,一个人在斗室之中,心里纪念着一件事情。"所说的"斗室"便是这座书斋了。心里所纪念着的是什么事情呢?那是和"十一月七日"那个日子有关联的十月革命。在三年前,我在武昌筹备纪念这个日子,就在当天晚上,奉命往九江、南昌一带去做工作。那些情形是活鲜鲜地在我脑中显现着的。

读过我《甲骨文字研究》的人,应该还记得那里面有一篇《释支干》吧?那书是我用毛笔写出来石印的。在那《释支干》里面有一段的字迹特别写得粗大(第三十九页),那也是我坐在这斗室里面,发着高烧,所力疾写出的痕迹了。当时因为昼夜兼勤的研究,昼夜兼勤的写,不幸着了寒,便发出了高烧。文字愈写愈大,结果终竟不能支持,睡倒下去了。

像这些往事,就在目前回想起来,都还感觉着颇有回味。还有好些往事和这书斋、和这家,是有关的,因而我至今还忆念着这座书斋和这座家。

但这座家也有一点相当大的缺陷。在家的正南面是一家有钱人家的后园，有一间很高的仓库，劈面地立在玄关前面。这样，在冬天便把太阳光完全挡着了，而在夏天呢又要挡着南风。这便使住居的人，冬不暖而夏不凉。这所意味的缺陷是怎样大，在有多数儿女的母亲是特别感受着的。

不过在我倒满不在乎。尽管冬不暖，总冷不过零度以下的西伯利亚，夏不凉，也总热不过赤道地方，而在我却有宁愿住在西伯利亚或赤道地方的苦境。

初到市川的时候，因为向警察和市政当局打过招呼，他们倒委实宽大，对我的戒备是很松泛的。自从东京警察拘留过我一次之后，他们却把我当成为"巨头"了，于是便特别增设了一位刑士来专门管我。我要到东京去他总是跟着我的。待在家里的时候，隔不两天，他便要来拜访，扭着谈些不相干的话，消耗你半个钟头光景，他又各自走了。时间虽然只有半个钟头，但他留下的不愉快，至少可有你半天。

但这刑士的监视倒还比较容易忍受：因为他还比较讲礼。刑士来拜访的时候，总还走前门来，在玄关门口打着招呼。你理也好，不理也好，他是不敢上你的居室的。他的目的，只在看你的动静，看你是不是在家。只要这目的达到，在他便算尽了责任。有时有初来接任的刑士，恭敬的礼貌每每还要出乎你的意想之外。凡是在这新旧交替的时候，旧的刑士要把新的刑士带来见面，那新来者因为是才从乡下来，没有见过大世面，他听说我是"巨头"，自然就愈见要毕恭毕敬了。

日本人的平常用语和称谓，尊卑之间是大有分别的。同样意义的话，说得愈长，用的字眼愈复杂，便愈显示对人的恭敬和自视的谦卑。称谓呢，同样的一个你字吧，便有好多种。对于有官阶的人，文官自简任以上，武官自少将以上，便一律称为"阁下"了。我因为在政治部做工作的时候，曾领受过中将衔，他们便以为我是真正的武官，照例也就以"阁下"称我。在我虽然感觉着难堪，而在他们也倒是习惯成自然的。

有一次横田告诉我：乡下的刑士对中央的要犯是特别尊敬的。因为怕出了岔子，他自己的饭碗要打破。他叫我不妨试一试：凡有刑士跟你的时候，你可以把你的提包交给他，他会给你提的。因为那样他可放心你不会跑，而你当然也就算是得到一位义务跟班了。我照着这话试过，果然没有遭到拒绝。

又有一次，有初来的刑士来拜访，谈话间他客客气气地问我：阁下，你的部下还有多少人啦？

他自然是视我如同国内的一班军阀，自己虽然亡命在外，而每每有残留部队在国内的。我和他开玩笑，便举出了四个指头。我的意思是说，我有四个儿女（我当时是只有四个儿女的）。

——哦，那不得了啦！——刑士吃惊地说：四万人吗？那可要很大一笔数目来办给养啦！

我心里好笑，但也随他去吧，就让他把我看成为四万人的头领。

这刑士的监视委实是比较容易受的,但最难忍耐的就是日本宪兵。

市川是大东京东面的桥头堡垒,虽然是一个小市镇,但有一个师团在镇守着。师部就在真间山的背后,有很大的一个练兵场,步、骑、炮、工、交通、轻重各种兵种都有。时常看见他们在操练,或整日地用大炮起轰。因此,在市川也有一个宪兵营驻扎着。我初来的时候,和宪兵没有关系,没有去打招呼。住了半年,他们也不曾注意过我。但自从我被拘留过一次之后,他们也把我作为监视的对象了。

我们一搬到了这新居来,凑巧地也就添上了这新的监视。这新来者却异常横暴。那是一位宪兵中士,往常在街头可以偶尔看见的,他便成为了我的主顾。开头差不多天天来,全不打招呼;从那死巷里一直闯进后门,打从那甬道又一直走出前门。这是犯了家屋侵入罪的。在他们日本的国法上是不允许的事情,然而那闯入者却大摇大摆地行其所无事。在不知第几次了,是一天星期的上午,我正在走廊上坐着看报,那侵入者又来了,我忍耐不过,干涉了他。他索性从那甬道跨过短栅,跨上了正屋来。

——怎么样,——他咆哮着,我是奉命看管你的!

——岂有此理!你管不着我!——我也咆哮起来了:你犯了你们的国法!

——哼,你是支那人,我们的国法不是为"枪果老"(日本人对中国人的恶称)设的。你有胆量就回你的支那去,我却有胆量就在你支那境内也要横行,你把我怎么样?

我的脑袋子快要炸裂了。他确实是在中国境内也可以横行的人;而我自己呢,连祖国都不能见容,我能把他怎么样呢?

安娜来解围了。她端着茶,并还把预备给孩子们吃的糖点送来奉献,我各自退进我的斗室里去了。隔着纸窗,听见她在向那宪兵中士款待。

——我的先生近来神经受了激刺,容易兴奋,请你不要介意。接着又说:你来看我们是很欢迎的,刑士先生们也时常来,但请以后不要客气,从正门进来好了。

低首下心地说得很委婉,但幸好也还有些骨子在那里面。那宪兵吞吞吐吐地回答了一些,也各自走了。听那脚步声,是还有余怒未泄,在向我示威。

经过这一次的咆哮,倒也有些收获。那位中士后来不见来了,另外换了一个。每逢来时,也从正门进来,打着招呼了。但他会随意跨过短栅,坐到回廊上来。

这也是这座新居留给我的一个极深刻的记忆。我只要一回想到它,那些宪兵们的身影,便要浮现出来。他们始终是穿着马裤的,脚上套着一双黑皮的长统马靴。有一个时期,我只要一看见那种长统马靴,我的神经就要发生作用,就仿佛有这种马靴在我头上践踏的一样。但我应该感谢这种马靴,我应该感谢那条死巷,我应该感谢那样位置着可以任人穿堂而过的家,是它们凑积起来,构成了一个机会,让日本帝国主义的横暴,虽是小规模、而却十分形象化地对我表演着。

这所给予我的反应,是永远不能模棱下去的,它使我不能忘记:我是中国人!

三

在八月初,我研究《易经》的时候只费了一个星期,接着我又研究起《诗经》和《书经》来了。这回却费了半个月。在我把《诗书时代的社会变革与其思想上的反映》的初稿写好之后,我便踌躇起来了。读过我的《中国古代社会研究》的人,请把关于诗书研究的那一篇的末尾翻出来看看吧。那儿是这样写着的:"一九二八年八月二十五日初稿,十月二十五日改作。"初稿的写出至改作足足隔了两个整月,这所表示的是什么呢?这表示着在我的研究程序上,起了一个大转变。

首先我对于我所研究的资料开始怀疑起来了。《易经》果真是殷、周之际的产物吗?在那样的时代,何以便能有辩证式的形而上学的宇宙观,而且和《诗》《书》中所表现的主要是人格神的支配观念,竟那样不同?《诗经》的时代果真如"毛传"或"朱注"所规拟的那样吗?他们究竟有什么确实的根据?《诗经》不是经过删改的吗?如是经过删改,怎么能够代表它本来的时代?《书经》我虽然知道有今文和古文的分别,在今文中,我虽然知道《虞书》《夏书》的不足信,但《商》《周》诸篇,也是经过历代的传抄翻刻而来的,它们已经不是本来面目。——这同样的理由,对于《易经》

和《诗经》也是适用的。毫厘之差可以致千里之谬,我们纵使可以相信《易》《书》《诗》是先秦典籍,但它们已经失真,那是可以断言的。因此要论中国的古代,单根据它们来作为研究资料,那在出发点上便已经有了问题。材料不真,时代不明,笼统地研究下去,所得的结果,难道还能够正确吗?

再次,我的初期的研究方法,毫无讳言,是犯了公式主义的毛病的。我是差不多死死地把唯物史观的公式,往古代的资料上套,而我所据的资料,又是那么有问题的东西。我这样所得出的结论,不仅不能够赢得自信,而且资料的不正确,还可以影响到方法上的正确。尽管我根据的公式是确切不移的真理,但我如果把球体的公式拿来算圆面,岂不会弄出相隔天渊的结果来?别人见到这结论的错误,粗率一点的,岂不会怀疑到球体公式的无稽?而这个公式的正确与否,事实上我在我所根据的资料中也还没有得到实证。那么,我的努力岂不是拿着一个银样镴枪头在和空气作战吗?

我踌躇了,我因而失掉了当初的一鼓作气的盲动力。但我也并没有失望,我把我自己的追求,首先转移到了资料选择上来。我想要找寻第一手的资料,例如考古发掘所得的,没有经过后世的影响,而确确实实足以代表古代的那种东西。这样的东西,在科学进步的国家是很容易得到的,但在我们中国,却真是凤毛麟角了。我在这时回忆到了一九一六年前后。那时我在冈山第六高等学校肄业,在学校图书馆的目录里面,曾经看见过罗振玉编著的《殷虚书契》那样的名目。我虽然不曾取来看过，但我猜想它会是关于古代的东西。我就凭着这一点线索，有一次（大约就在八月尾和九月初）便往东京上野图书馆去查考。

上野图书馆的藏书是相当丰富的，但专门书籍却很少。可我很幸运，就在目录里面查出了有《殷虚书契前编》，而我便立地借阅了。一函有布套的四本厚厚的线装书，珂罗版印，相当讲究。书的内容，除掉书前编著者罗振玉的一篇简略的序文之外，纯粹是一些拓片。我虽然弄明白了那是安阳出土的甲骨文字，而出土地小屯在洹水之南，根据《史记·项羽本纪》知道是殷朝的废墟，所以这些文字便是殷代的遗物了。但那毫无考释的一些拓片，除掉有些白色的线纹，我也可以断定是文字之外，差不多是一片墨黑。

然而资料毕竟是找着了，问题我得读破它，利用它，打开它的秘密。我这个进一步的要求，不能由上野图书馆来得到满足，它除了有这一部《前编》而外，其他同样性质的东西什么也没有。

于是我又想到了可以问津的第二个门路。一九一四年我初到日本，在东京本乡第一高等学校读预科的时候，曾经有朋友引我到附近的一座专卖中国古书的书店里去过。我记得那书店的名字叫文求堂。那书店有一个特色，是它有一个书房可以让买书的人去休息，看书，店员还要向你敬茶。那时因为我准备研究医药，和中国书没缘，后来也不住在东京，我也就只去过那么一两次。现在我对于它感觉着迫切的需要了。我往本乡区去找寻它。它就在本乡一丁目，离上野图书馆不很远，门面已经完全改观了。在前仿佛只是矮塌的日本式的木造平房，而今却变成黑色大理石的三层楼的西式建筑了。屋脊和大门顶上都点缀着一些中国式的装饰，看来有些异样，仿佛中国的当铺。

卖的中国书真是多。两壁高齐屋顶的书架上塞满着书，大都是线装的。两旁的书摊和一些小书架上也堆满着书，大都是洋装的。靠后左边是账台，右边横放着一张餐桌，备顾客坐息。后壁正中有一道通往内室的门，在那两侧有玻璃书橱，也装满着书。这书橱里的书，大都是一些线装影印的比较珍贵的典籍了。

店主人姓田中，名叫庆大郎，字叫子祥，把文求堂三字合并起来作为自己的别号，也叫着救堂（这是有点类似于儿戏，实际上救字并不是"文求"二字的合书）。年龄在五十以上。他是连小学都没有毕业的，但他对于中国的版本却有丰富的知识，在这一方面他可远远超过了一些大学教授和专家。他年轻时候曾经到过北京，就全靠买卖上的经验，他获得了他的地位和产业。大约在日本人中，但凡研究中国学问的人，没有人不知道这位田中救堂；恰如在上海，但凡研究日本学问的中国人，没有人不知道内山完造的那样。我在当天走进这文求堂的时候，就在那餐桌后面，发现了一位中等身材的五十以上的人。没有什么血色的面孔作三角形，两耳稍稍向外坦出，看来是经过一种日本式的封建趣味所洗练过的，那便是这位书店老板了。

我去向他请教,问他有没有研究"殷虚书契"的入门书。

他说有的。立地便从一处书架上取下了两本书来,递给我。

那是淡蓝色封面的两本线装书,书名叫着《殷虚书契考释》,是天津石印的增订本。我翻开了书的内容一看,看见那研究的项目,秩序井然,而且附有字汇的考释,正是我所急于需要的东西。价钱呢?要十二元。在当时这绝不是菲薄的数目,而我自己的身上却只有六元多钱在腰包里。我便向老板提议:好不好让我把六元钱做抵押,把书借回去看一两天?

书店老板踌躇了一下,委婉地拒绝了。但值得感谢的他却告诉了我一个更好的门路。他告诉我:要看这一类的书,小石川区的东洋文库应有尽有。你只要有人介绍,便可以随时去阅览的。那东洋文库的主任是石田干之助,和藤村成吉是同期生啦。

真的,我真是感谢他这个宝贵的指示。他虽然没有慷慨地借书给我,但我是不能怪他的。因为那时候他不认识我,我也不认识他。我以一个陌生的外国人而向他提出了那样的请求,倒是唐突得未免太不近情理了。

我照着他的指示进行了。靠一位相识的新闻记者川上(Kawakami)的帮助,一同去拜访藤村。藤村在我们中国人中是有名的,他是日本文坛上的左翼作家,他和我有过师弟的关系。在冈山六高时代,他教过我一年的德文。藤村很恳挚地欢迎着我，介绍信不用说毫不推辞地便替我写了。我那时还没有公开地使用自己的本名，川上却把他自己在中国时所使用过的假名林守仁，又让我假上了。

东洋文库是日本财阀三轮系的私人图书馆，它是属于川琦家的。川琦两兄弟，兄的一位购买了皕宋楼的宋版书，成立了静嘉堂文库；弟的一位购买了曾充袁世凯顾问的莫理逊的藏书，而成立东洋文库。兄弟两人，隐隐是东京学术界的保护者。莫理逊的藏书本偏于近代欧美人研究东方的著作，归入东洋文库以后，又添置了不少的新旧书籍。关于中国的地方志书、县志、府志之类的搜集，据说也是相当丰富的。

文库在小石川区的一条比较僻静的街上，三层楼的建筑，相当宏大。以白鸟库吉博士为主帅的日本支那学者中的东京学派，是以这儿为大本营。白鸟本人（他便是法西斯外交官白鸟某的父亲）除在东京帝大担任教授之外，在这儿有他的研究室，经常住在这儿的三楼。他的下边的一群学者，大多是受了法兰西学派的影响，而又充分发泄着帝国主义的臭味的。对于中国的古典没有什么坚实的根底，而好作放诞不经的怪论。有一位著名的饭田忠夫博士，便是这种人的代表。他坚决主张中国人是没有固有文化的，所有先秦古典，一律都是后人假造。中国的古代文化，特别关于星算之类，是西纪前三三四年（战国中叶）亚历山德大王东征之后才由西方输入的。因此凡是古文献中有干支之类的文字，在他认为尽都是后人的假托。甲骨文和金文里面的干支文字极多，而这些东西都是在西纪前三三四年之前，不用说也就都是假造的东西了。这样的论调与其说是学术研究，宁可说是帝国主义的军号。东京学派的人大抵上是倾向于这一主张的，因而他们对于清乾嘉以来的成绩，不仅不重视而且藐视。关于甲骨文和金文之类，自然也就要被看成等于复瓿的东西了。

我所要研究的正是他们所藐视的范围。因此，我在人事方面，除掉那位主任石田干之助之外，毫无个人的接触。而在资料方面，更是河水不犯井水。在那文库里面所收藏着的丰富的甲骨文和金文，便全部归我一个人独揽了。

一个事情看起来好像很艰难，只要你有决心，干起来倒也很容易。在当初，我第一次接触甲骨文字时，那样一片墨黑的东西，但一找到门径，差不多只有一两天工夫，便完全解除了它的秘密。这倒也并不是我一个人有什么了不起的本领，而我是应该向一位替我们把门径开辟出来了的大师，表示虔诚的谢意的。这位大师是谁呢？就是一九二七年当北伐军进展到河南的时候，在北平跳水死了的那位王国维了。

王国维的存在，我本来早就知道。在他生前，我读过他的一部《宋元戏曲考》，虽然佩服他的治学方法的坚实和创获的丰富，但并没有去追求过他的全部。他在中国古代史上，在甲骨文字的解释上，竟已经建树了那样划时代的不朽的伟业，我是一点也不知道的。读到了《殷虚书契考释》，对于他的感佩又更加深化了。那书的一首一尾都有他做的序，不仅内容充实，前所未有，而文笔美畅，声光灿然，真正是

—143

令人神往。再有是这《殷虚书契考释》在文库所藏的是初版（一九一五年），是王国维手写影印的，和增订版略有不同。当我读到这初版的时候，我不禁起了这样的怀疑：这样的有条理、极合乎科学律令的书，会是罗振玉的著作吗？它的真正的作者不可能就是王国维吗？罗振玉自己曾经写过一本小册子《殷商贞卜文字考》（一九一〇年），相隔仅仅五年，而两书之间是丝毫也找不出条贯性来的。这个怀疑不久我便证实了，原来是罗振玉花了三百元，买了王国维的著作权并著作者的名誉。

王国维家贫，在早年曾受罗振玉的资助和提挈，他们之间便发生了密切的关系。辛亥革命之后，罗以清朝遗老的资格逃亡日本，王国维成了他的同路人。他们同住在京都（日本的旧都，和东京对言亦称为西京）。在这儿住了三年，《殷虚书契前编》和《考释》的编印，都是在这期间完成的。王国维把自己的著作、名誉卖给了罗振玉，明显地是出于报恩，而这位盗窃名义的文化贩子罗振玉，到后来竟逼得王国维跳水（王之死，实际是出于罗之逼，学术界中皆能道之）。罗更参加了伪满洲国，那倒是有他的一贯之道的了。

王国维在东京学派的那一群人中，虽然不甚被重视，但和东京学派对立的西京学派，却是把他当成一位导师在崇拜着的。他们有着一个"观堂学会"，每年五月三日王国维的忌辰，是要开会纪念的。那态度似乎比国内的王氏弟子们还要来得虔诚。这也是理所当然的事。日本的西京学派事实上是在王国维的影响之下茁壮了起来的，他们的成就委实是在东京学派的霸徒们之上。这一派的领袖是内藤湖南和狩野君山，他们和王国维都有过密切的交游。《观堂集林》（卷二十四）里面有好些诗是叙述着这些往事的。请看那《送日本狩野博士游欧洲》的一首吧，一开首便说："君山博士今儒宗，亭亭崛立东海东……自言读书知求是，但有心印无雷同。"可见作者对于狩野的相当器重。中间又说到："卜居爱住春明坊，择邻且近鹿门子。商量旧学加邃密，倾倒新知无穷已。"春明坊便是王国维在京都的住处，他们彼此之间在学术上的接触，在这诗里是坦白地陈述着的。再请看他那《海上送日本内藤博士》一首吧，那是王国维回上海之后，在内藤湖南到中国来游历时做来送他的诗。中间叙述到在京都时钻研《卜辞》和有所收获的情形，而称许了内藤对于王氏学说的推挽，所谓"多君前后相邪许，太丘沦鼎一朝举"，这更足以看出王氏的自负和对于内藤评价的分寸。西京学派就这样在王国维的影响下，他们才脱出了宋、明旧汉学的窠臼而逐渐地知道了对于清代朴学的尊重。对于中国学问的研究上，日本的学术界可以说是落后了三百年，但他们在短期间之内却也把那三百年的落后填补起来了。

我跑东洋文库，顶勤快的就只有开始的一两个月。就在这一两个月之内，我读完了库中所藏的一切甲骨文字和金文的著作，也读完了王国维的《观堂集林》。我对于中国古代的认识算得到了一个比较可以自信的把握了。在这些书籍之外，我连带的还读到其他的东西，我读过安德生的在甘肃、河南等地的彩陶遗迹的报告，也读到北平地质研究所的关于北京人的报告。凡是关于中国境内的考古学上的发现记载，我差不多都读了。因此关于考古学这一门学问，我也广泛地涉猎了一些。这些努力便使我写成了《卜辞中之古代社会》的那一篇，文章的末尾虽然写着"一九二九年九月二十日脱稿"，但大体上在一九二八年的十月，已经基本完成。只是我的社会研究逐渐移向到文化研究的阶段上去了。我在甲骨文中发现了"岁"字的存在，由此而有天文学上的研究，得以知道十二支文字本是黄道周天十二宫的星象，而它的起源却是巴比伦。这些研究主要便汇成了我那《释支干》和《释岁》的几篇，那是收在《甲骨文字研究》里面的。我在完成这些研究上差不多费了一年工夫。国内有不少的朋友曾经帮助过我，特别是李一氓（就是李民治），他替我把所需要的书，陆续地收集，购寄，使我跑东京的时间也就省下了。

四

朋友们或许会发生疑问吧，我亡命到日本后，把全部精力完全沉浸于这些古代文物的研究里；我是拖着一家六口的人，我怎么会有这样的余裕来做这样冷僻的工作？请记起吧，这就是我应该感谢朋友的地方，特别是创造社的那一批朋友。

他们每月在送生活费来，我省却后顾的忧虑，因而便得以集中全力来解决我自己所想解决的问题。假使没有创造社，没有朋友,我那些工作是绝对做不出来的。古时候的人也知道朋友的宝贵,列之为五伦之一;而在我,朋友这一伦更有它的超越的宝贵了!朋友不仅给予了我以物质的支持,而且给予了我以精神的成长。

但是自成立以来便在风雨飘摇中的创造社,终于在一九二九年二月七日,便是我流亡日本后一周年光景,被封锁了。在国内的朋友们的处境比我更加困难了,我的每个月一百元的生活费,从此也就断绝了。

怎么办呢?一家人饿死在日本吗?

不,我们倒也还不是那么毫无独立自主性的可怜虫!安娜处家是俭约的,到了日本后,家政一直是她自己在操持,炊爨洒扫,洗衣浆裳,乃至对外的应付,一切都全靠着她。那时儿女还小,用费也不十分大,因此在每月百元之内,总有一些积余,这便解决了我们所间接受到的突然来的打击。但我对于古代的研究不能再专搞下去了。在研究之外,我总得顾计到生活。于是我便把我的力量又移到了别种文字的写作和翻译。我写了《我的幼年》和《反正前后》,我翻译了辛克莱的《石炭王》《屠场》、稍后的《煤油》,以及弥海里斯的《美术考古学发现史》。而这些书都靠着国内的朋友,主要也就是一氓,替我奔走,介绍,把它们推销掉了。那收入倒是相当可观的,平均起来,我比创造社存在时所得,每月差不多要增加一倍。这样也就把饿死的威胁免掉了。

我开始在国内重新发表文章时还不敢用本名。朋友们想来还记得吧。我的关于《易》《诗》《书》的那两篇研究，最初发表在《东方杂志》上，用的是"杜衍"的假名。《石炭王》《屠场》《煤油》，用的是"易坎人"。这些假名的用意是这样的。我的母亲姓杜，而我母亲的性格是衍直的，我为纪念我的母亲，故假名为杜衍。我自己是一个重听者，在斑疹伤寒痊愈之后，虽然静养了一年，而听觉始终只恢复到半聋以下的程度。《易经》上的坎卦，其"于人也为聋"，故我这个聋子便取名为易坎人。据懂侦探术者说：一个人取假名，总是和自己的真名有点连带的；但我敢于说，无论怎样高明的侦探，看到这"杜衍"和"易坎人"便知道是郭沫若，我相信是绝对不会有的吧。

但后来我的本名又渐渐被人使用了——是的，在这一点上，我的确是被动。那是因为时间经久了，我并没有从事实际上的任何活动，而我所写的东西，不是文艺作品便是历史研究，乃至如甲骨文、钟鼎文那样完全古董性质的东西，再说"郭沫若"三个字的商品价值究竟要高一点，因此郭沫若又才渐渐被人使用起来了。

当我把《卜辞中的古代社会》写好之后，我便起了一个心，想把那些关于古代文物的研究，汇集成为一部书。于是我又赶着写了一篇《周金中的社会史观》，便集成了一部《中国古代社会研究》。这书便是由出版者用我的本名发表的了，于是一时成为哑谜的杜衍才出现了原形。

我也翻译了马克思的《政治经济学批判》和《德意志意识形态》，两部书都经由王礼锡的接受，由神州国光社出版。

前一书出版时把我写的一篇序言丢掉了，后一书一直被积压着，是在抗战期中才出版了的。但前书的出版，也公然用的是我的本名。这书曾经遭过禁止，坊间后来把封面改换发行，译者是作为李季。这种本子我相信，留在世间的一定不很少。

关于《甲骨文字研究》的出版是费了一些周折的。我从一九二八年的年底开始写作，费了将近一年工夫，勉强把初稿写成之后，我曾经邮寄北平，向燕京大学的教授容庚求教。我和容庚并无一面之识，还是因为读了王国维的书才知道了他的存在。王国维为商承祚的《殷虚文字类编》作序，他提到四位治古文字学的年轻学者，一位是唐兰，一位是容庚，一位是柯昌济，一位是商承祚。我因为敬仰王国维，所以也重视他所称许的这四位年轻学者。商承祚的《殷虚文字类编》我是读过的，他是把《殷虚书契考释》关于文字的一部分稍稍扩大了，而根据说文部首从新编制的，虽然并没有多么大的发明。但商的住址我是不知道的。唐、柯二位，不仅住址不知道，连著作也还不曾见过。容庚，我见过他的《金文编》，那也是依说文部首编制的金文字典，比起吴大澂的《说文古籀补》来更加详审，在研究金文上，确曾给予我以很大的帮助。它不失为一部有用的工具书。容庚在燕京大学任教职，而且是《燕京学报》的主编者，由每期的学报是容易发现的。因此，我对于容庚，不仅见过他的著作，而且知道他的住址了。我就以仿佛年轻人那样的憧憬，也仿佛王国维还活着的那样，对于王国维所称许的四学士之一，谨致我的悃忱，而以我的原稿向他求教。我得感谢容庚在资料上也曾经帮过我一些忙，他曾经把很可宝贵的《殷虚书契前编》和董作宾的《新获卜辞写本》寄给我使用过。但他在学问研究上却没有使我得到我所渴望着的那样满足。——这些情形，我曾经写在《甲骨文字研究附录》《一年以后之自跋》里面，那是"一九三〇年八月十日"写的文字了。但在那里面也有不曾写进去的一些经过。

原稿寄给容庚后，他自己看了，也给过其他的人看。有一次他写信来，说中央研究院的傅孟真（斯年）希望把我的书在《集刊》上分期发表，发表完毕后再由研究院出单行本。发表费千字五元，单行本抽版税百分之十五。这本是很看得起我，这样的条件在当时也可算是相当公平，但我由于自己的洁癖，铁面拒绝了。我因为研究院是官办的，我便回了一封信去，说："耻不食周粟。"

我一面拒绝了别人的好意，一面却在上海方面找寻出版的机会。我曾经托过友人向商务印书馆交涉，就在这儿我的傲慢却得到了惩罚。商务的负责人连我的原稿都不想看也铁面拒绝了。在商务印书馆的人们要拒绝，当然有他们的充分的理由。像研究甲骨文字那样的书，首先就不能赚钱，而研究者又是我，在他们当时或许会以为我是在发疯吧。因此也就无须乎客气，还要来看我的什么原稿。

但我的原稿在北平方面曾经看过的人确是很多，有人告诉我，他在钱玄同的书桌上也看见过它。出门太久了，我怀念起来，几次写信去要回，都没有达到目的，弄得我自己都有点后悔了。但足足又经过了一年工夫，终竟寄回到我的手里，而原稿的白纸边沿都快要翻成黑纸了。幸好是用日本半纸写的，纸质坚韧不容易磨灭。

《甲骨文字研究》的原稿在北平旅行的期中，我又写成了《殷周青铜器铭文研究》上下两册。这次我不敢再寄回国了；然而我却又起了一次野心，我把我的两部原稿曾拿去找过东洋文库的主任石田干之助。我看到文库也在出版学术编著，又看到日本学界也每每用汉文出书，我真是不揣冒昧，竟想把我的论著也拿去尝试。我是在这样想，我的研究是在文库发轫的，我很感谢这一段因缘，假使我的书可以由文库印行，那也就可以表示我的谢意了。报酬多少是在所不计的。石田是长于外交的人，他没有立地拒绝我，要我把稿子留下，让他请一两位专家看看，我自然也就留下了。然而我是明白的，在日本方面究竟有谁是这种古文字学研究的专家呢？

一个月过了，我再去向石田请教。他把原稿退还了我。他说：太难懂了，在日本方面恐怕没有办法出书。这或许是真情话，他是不是在笑我，我不知道，我自己对着自己倒是在笑了：真是太不知自爱！国立的官立机关要出版，你说"耻不食周粟"，今天却要来向着外国资本家的账房乞怜，岂不是自讨没趣？

但这两部书的出版虽然经过一些周折，仍然应该感谢一珉，是他向上海大东书局为我交涉办成功了。交涉的经过情形我不知道，当时李幼椿在担任大东的总编辑，或许是他念到同乡的关系，承受了下来的吧？那时《中国古代社会研究》已经出版，对于这两部书的印行，想必也有着催生的作用。《中国古代社会研究》出版于一九三〇年的年底，出书之后大受欢迎，很快便再版、三版了。这书似乎保证了甲骨文和金文的研究也并不是不可能赚钱，同时也似乎保证了郭沫若也要研究甲骨文和金文并不是真正在发疯了。事情终竟是值得感谢的，大东竟肯承印这两部书，而且同时承印。他们在报纸上大登广告，征求预约。那广告之大在当时曾突破纪录，这可替我发泄了不少的精神上的郁积，我很高兴。并不是因为这样使我大出了一次风头，不，我不是那样的风头主义者。老实说，有时候我自己看见这"郭沫若"三个字都有点讨厌。但我看见那大规模的广告实在很高兴！那替我在这样作吼：本国的市侩和日本帝国主义者的文化前卫们，你们请看，你们所不要的东西，依然是有人要的！

两部书是一九三一年年初出版的，书局方面每一种送了我二十部。我在一天清早，日期不记得了，接到这些书的时候是多么的愉快呀！我可流下了眼泪。就在那天中午，安娜特别煮了红豆饭来庆祝，我是记得的。但就在那天下午三点钟的时候，宪兵也来了。宪兵老爷说：听说有大批的东西送到了，是什么宝贝呀？我知道，他大约以为是宣传品吧，他当然是为了调查这宣传品而来的了。安娜把堆在走廊上还没有开封的一部分包裹指给他看：是呀，是很好的"宝贝"呀，无价之宝！索性当面开了两封，比较小的包裹是《甲骨文字研究》，比较大的是《殷周青铜器铭文研究》。宪兵看了，好像吃了满口的粪。好家伙！滚你的蛋！

这些书本来是准备给作者送人的，但我送给谁呢？尤其在这日本！

书到的当天晚上，我每种留了两部下来，把其余的用一张大包袱包裹着。我和我的大儿子两个人把它扛到电车站上去，一同坐电车带到了东京。接着在文求堂里面便出现了我们。文求堂老板很客气，打了一个七折，当下便给了现钱。

那时候我的大儿子和夫是已经十四岁了。

1947年上海

菩提树下

一

我的女人最喜欢养鸡。她的目的并不在研究遗传,并不想有甚居积,充其量只是想给孩子们多吃几个鸡蛋罢了。

因此之故她总是爱养母鸡。每逢母鸡要生蛋的时候,她真是欢喜极了,她要多把些粮食给它,又要替它做窝。有时候一时要做两三个窝。

鸡蛋节省着吃,吃到后来母鸡要孵卵的时候,那是她更操心的时候了,孵卵的母鸡每隔一天要飞出窝来摄取一次饮食,她要先替它预备好;又要时常留心着不使母鸡在窝里下粪,因为这样容易使孵卵腐败。还有被孵抱着的鸡卵她也要常常把微温的盐水去试验,在水上可以浮起的便是腐败了的,她便要取出,沉下去的便仍使母鸡孵抱。像这样足足要操心三个礼拜,等到鸡卵里面可以听出啾啾的叫声了,那时候她有两三天是快乐得不能安定的。

我们养鸡养过五六年,鸡雏也不知道孵化过好几次了。

但是孵化了的鸡雏不是被猫鼠衔去，便是吃米过多得脚气病死了。自己孵化出的鸡雏从不曾长大过一次。

我们又是四处漂流的人，遇着要远徙他方的时候，我们的鸡不能带着同走。在那时我们的鸡不是送人，便是卖给鸡贩子去了。自己养过的鸡怎么也不忍屠杀。所以我们养鸡养了五六年，自己所养的鸡从不曾吃过一次。

所养的鸡也并不多，至多不过四五只。我们除把些残菜剩饭给它们外，平常只听它们去自行渔食罢了。

二

养了五六年的鸡，关于鸡的心理，我也留下了不少的幽凉的记忆。鸡的生活中我觉得很有和人相类似的爱的生活存在。

假如有一群鸡在园子里放着的时候，请把一些食物向鸡群里洒去罢。这鸡群里面假使有一只雄鸡，你可以看出它定要咯咯地呼唤起来，让母鸡去摄取那食物，它自己是决不肯先吃的。这样本是一个很平常的现象，但这个很平常的现象不就有点像欧洲中世纪的游吟诗人（Troubadour）的崇拜女性吗？

有一次我们养过三只牝鸡，两只雄鸡。这两只雄鸡中只有一只得势，把那三只母鸡都占有了。那不得势的一只，真是孤苦得可怜。得势的一只雄鸡不消说要欺负它，便连那些娥皇女英们也不把它看在眼里。它有时性的冲动发作了，偷觑着自己的情敌不在，便想方设法地去诱惑它们。分明是没

—155

有食物的,它也要咯咯地叫,或者去替它们梳理羽毛,但它们总不理睬它。它弄得焦急了,竟有用起暴力来,在那时它们一面遁逃,一面戛着惊呼求救的声音,呼唤它们的大舜皇帝。等到大舜皇帝一来,那位背时的先生又拖着尾巴跑了。

——阿,你这幸福的大舜皇帝!你这过于高傲了的唐璜(Don Juan)!你占领着一群女性,使同类多添一位旷夫。

那回是我抱了不平,我把得势的一只雄鸡卖了。剩下的一位旷夫和三位贞淑的怨女起初还不甚相投,但不久也就成了和睦的夫妇了。

还有一件更显著的事情,要算是牝鸡们的母爱。牝鸡孵化了鸡雏的时候,平常是那么驯善的家禽,立地要变成一些鸷鸟。它们保护着自己的幼儿是一刻也不肯懈怠的,两只眼睛如像燃着的两团烈火,颈子时常要竖着向四方倾听,全身的神经好像紧张得要断裂的一样。这样加紧的防御,有时还要变为攻击。不怕你便不怀敌意走近它们,它们也要戛出一种怪的叫声,飞来啄你。摄取饮食的时候,它们自己也决不肯先吃,只是咯咯地唤着鸡雏。假如有别的同类要来纷争,不管是雄是雌,它们一样地总要毫不容情地扑啄。睡眠或者下雨的时候,要把自己的鸡雏抱在自己的胸胁下,可怜胸脯上的羽毛要抱来一根也没有存在的程度。像这样的生活,要继续两三个月之久。在这时期之内,它们的性的生活是完全消灭了的。

三

啊，今年的成绩真好，我们现在有两只母鸡，十六只鸡雏了。

我的女人在二月底从上海渡到福冈来的时候，便养了两只母鸡：一只是黄的，一只是如像鹰隼一样。

我们住在这博多湾上的房子，后园是很宽大的。园子正中有一株高大的菩提树，四月初间我来的时候还没抽芽，树身是赤裸着的，我们不知道它的名字。我们猜它是栗树，又猜它是柿子树。但不久渐渐转青了，不是栗树，也不是柿树。我们问邻近的人，说是菩提树。

在这菩提树成荫的时候，我们的母鸡各个孵化了九只鸡雏。这鸡雏们真是可爱，有葱黄的，黑的，有淡黑的，有白的，有如鹌鹑一样驳杂的，全身的茸毛如像绒团，一双黑眼如像墨晶，啾啾的叫声真的比山泉的响声还要清脆。

啊，今年的成绩真好，我们本有十八只鸡雏，除有一只被猫儿衔去，一只病死了外，剩着的这十六只都平安地长大了起来。现在已经是六月尾上了，鸡雏们的羽毛渐渐长出，也可以辨别雌雄了。我们的这十六只鸡雏想来总不会被猫儿衔去，不会病死了罢？鸡雏吃白米过多时，会得白米病，和人的脚气病一样，好端端地便要死去，但我们现在吃的是麦饭，我们的鸡雏们总不会再得白米病了罢。

——"啊，今年的成绩真好。"

我的女人把吃剩着的晚饭,在菩提树下撒给鸡群吃的时候,她笑着向我这样说。

鸡雏啾啾地在她脚下争食,互相挤拥,互相践踏,互相剥啄着。

雨

六月二十七日《屈原》决定在北碚上演，朋友们要我去看，并把婵娟所抱的一个瓶子抱去。这个烧卖形的古铜色的大瓷瓶，是我书斋里的一个主要的陈设，平时是用来插花的。

《屈原》的演出我在陪都已经看了很多回，其实是用不着再往北碚去看的，但是朋友们的辛劳非得去慰问一下不可，于是在二十六日的拂晓我便由千厮门赶船坐往北碚，顺便把那个瓶子带了去。

今年延绵下来了的梅雨季，老是不容易开朗，已经断续地下了好几天的雨，到了二十七日依然下着，而且是愈下愈大。

二十七日是星期六，是最好卖座的日期。雨大了，看戏的人便不会来。北碚的戏场又是半露天的篷厂，雨大了，戏根本也就不能上演。因此，朋友们都很焦愁。

清早我冒着雨，到剧社里去看望他们，我看到每一个人的表情都沉闷闷地，就像那梅雨太空一样稠云层迭。

有的在说："这北碚的天气真是怪，一演戏就要下雨。听说前次演《天国春秋》和《大地回春》的时候，也是差不多天天都在下着微雨的。"

有的更幽默一些，说："假使将来要求雨的时候，最好是找我们来演戏了。"

我感觉着靠天吃食者的不自由上来，但同是一样的雨对于剧人是悲哀，对于农人却是欢喜。听说今年的雨水好，小麦和玉蜀黍都告丰收，稻田也突破了纪录，完全栽种遍了。

不过百多人吃着大锅饭的剧人团体，在目前米珠薪桂的时节，演不成戏便没有收入，的确也是一个伟大的威胁。

办公室里面云卫的太太程梦莲坐在一条破旧的台桌旁，没精打采地在戏票上盖数目字。

桌上放着我所抱去的那个瓶子，呈着它那黝绿的古铜色，似乎也沉潜在一种不可名状的焦愁里面了。

突然在我心里浮出了一首诗。

——"我做了一首打油诗啦。"我这样对梦莲说。

梦莲立即在台桌上把一个旧信封翻过来，拿起笔便道："你念吧，我写。"

我便开始念出：

不辞千里抱瓶来，此日沉阴竟未开。
敢是抱瓶成大错？梅霖怒洒北碚苔。

梦莲是会作诗的，写好之后她沉吟了一会，说："两个'抱瓶'字重复了，不大好。"说着她便把第三句改为了："敢是热情惊大士。"她说："是你把观音大士惊动了，所以才下雨啦。"

——"那么，索性把'梅霖'改成杨枝吧。"我接着说。

于是诗便改变了一番面貌。

邻室早在开始排戏，因为有两位演员临时因故不出场，急于要用新人来代替，正在赶着排练。

梦莲和我把诗改好之后走出去看排戏。

临着天井的一座大厢房，用布景的道具隔为了两半，后半是寝室，做着食堂的前半作为了临时的排演场。有三尺来往高的半壁作为栏杆和天井隔着，左右有门出入。

在左手的门道上，靠壁有一条板凳，饰婵娟的瑞芳正坐在那儿。

梦莲把手里拿着的诗给她看。

——"这'怒'字太凶了一点。"瑞芳看了一会之后指着第四句说。

——"我觉得是观音菩萨生了气啦，"我这样说，"今天老是不晴，戏会演不成的。"

——"其实倒应该感谢这雨。"瑞芳说，"你看，演得这样生，怎么能够上场呢？"

我为她这一问略略起了一番深省。做艺术家的人能有这样的责任心，实在是值得宝贵；也唯其有这样的责任心，所以才能够保证得艺术的精进吧。

——"好的，我要另外想一个字来改正。"我回答着。

——"婵娟出场了！婵娟！"导演的陈鲤庭在叫，已经在开始排第四幕，正该瑞芳出场的时候。

瑞芳应声着，匆匆忙忙地跑去参加排演去了。我便坐到她的座位上靠着壁思索。我先想改成"遍"字。写上去了，又勾倒过来，想了一会又勾倒过去；但是觉得仍旧不妥帖，便又改为"透"字。"杨枝透洒北碚苔"，然而也不好。最后我改成了"惠"字。

刚刚改定，瑞芳的节目演完了，又匆匆忙忙地跑了过来。

——"改好了吗？"她问。

我把改的"惠"字给她看。

——"对啦，这个字改得蛮好，这个字改得蛮好。"她接连着说，满愉快而天真地。

梦莲在旁边似乎也在思索，到这时她说"那么'惊'字恐怕也要改一下才好了。"

——"用不着吧？惊动了的话是常说的。"瑞芳接着说，依然是那么明朗而率真。

雨到傍晚时分虽然住了，但戏是没有方法演出的。有不少冒着雨从远方来看戏的人，晚上不能回家，结果是使北碚的旅馆，一时呈出了人满之状。"大士"的"惠"，毫无疑问地，是普济到了一般的小商人了。

第二天，二十八日，星期。清早九点钟的时候，雨又下起来了。四处的屋檐都垂起了雨帘。

同住在兼善公寓一院里面的王瑞麟，把鲤庭和瑞芳约了来，在我的房间里同用早点。

瑞芳突然笑着向我说:"那一个字又应该改回去了。"

我觉得这话蛮有风趣。我回答道:"真的,实在是生了气。"

瑞麟和鲤庭都有些诧异,不知道我们所说的是什么。

我把故事告诉他们。同时背出了那首诗:

不辞千里抱瓶来,此日沉阴竟未开。
敢是热情惊大士?杨枝惠洒北碚苔。

不过这个字终竟没有改回去。因为不一会雨就住了,痛痛快快地接连又晴了好几天。好些人在看肖神,以为《屈原》一定无法演出的,而终于顺畅地演了五场。听说场场客满,打破纪录,农人剧人皆大欢喜。惠哉,惠哉。

1942 年 7 月 8 日

浪花十日

浪花是日本千叶县面着太平洋的一个村子,离我现在住着的市川,只有三个半钟头的火车的路程。去年暑假,在那村子所属的一个海岸上的村落名叫岩和田的,住过十天。这儿摘录下的便是那几天的日记。

日本的中小学放暑假的日期不同,中学是在七月二十日,小学是八月一日。大的三个孩子都在东京的中学念书,一放暑假,他们的母亲便把他们和顶小的一个儿子带到海边去了。她的意思自然是想要他们在海岸上多锻炼几天,尤其为着顶大的和儿自八月十一号有高等学校试验班的暑中讲习,不得不提前回家的原故。但还在小学念书的四女淑子便不得不留在家里和我再住几日。

我在七月三十一号把淑子送往海边,八月十号同和儿一道回来,算在浪花前后住了十天。

一九三五年六月四日

三十一日

午前十时左右,淑子抱着书包由学校回来了。昨天放学回来的时候她总说明天还有课,要到后天才放假,但她那小心地推断却是错了。既是今天放假,那今天是应该把她送到海岸上去的。离开了母亲的孩子,尤其女儿,总要失掉些她们的明朗性,带起淡淡的凄寂的调子来,有点怪可怜见。就早半天也好,早一个钟头也好,我定要赶着把她送到她母亲那儿去。这样一下了决心,我便让女儿守着家,一个人到外边去做些出发的准备。

在下着微雨。穿着长筒的橡皮靴到邻近的森老人家里向他告诉了动身的话,叫他当天下午便移到我家里来住。又在一家饮食店里为淑子订了一碗"亲子井"(Oyakodomburi——有烹熟了的鸡肉"亲"和鸡蛋"子"盖在上面的一斗碗饭),叫正午时送去充她的午餐。

在市川的背街上F面包店买了一块钱的盐饼干和其他杂色的糖点,叫装在镔铁罐里送到我家里去。接着又转上正街。在市川车站前面的一家眼镜铺里,替和儿配眼镜,他的近视眼镜有一边的镜片落下海里去了,是前天寄回来叫配的。直径约有一寸半的大而圆的镜片要切成小小的椭圆形,觉得很可惜。

利用着眼镜切制的时间,我跑到一家理发店去剪了发,又到小学校前的平和堂去替淑子买了四切的画纸八张，六切的画纸三十二张，蜡笔十二色的一匣，四年生夏季练习簿二册——是她要拿到海岸上去用功的。

回到眼镜铺时，眼镜已经配好，店里的挂钟已经十二点过了。

肚子本来不怎么饿，只是觉得早迟总有在哪儿吃顿中饭的义务，便顺便折进了街头的一家鳗鱼食堂里去。食堂里一个人也没有，只有放送着消息的"雷曲"（收音机）在那里喧嚣。报道的像是关于满洲的事情，在我这重听的耳里，只听见有些"支那"和"满洲"的字样。我拣着在一个角落里坐下了。一个下女端了一杯茶，走来打着招呼。我先叫她把那"雷曲"关了，回头又才叫了一碗鳗鱼饭和一杯鳗脏汤。下女说鳗脏汤要多费些时刻，我便索性叫她替我煮两合日本酒来，想多少来浇一下和那阴雨一样浸润着我这身内身外的苍凉的感觉。

下女把酒煮来了，配了一小碟下酒的盐豌豆，她替我斟了一杯，便毫不客气地坐在我对面的椅上。用不着一口便可以干的小酒杯，只要一干，她便替你斟上，弄得我有点怪烦腻起来。我请她不要管我，让我自斟自饮，她看了我一眼也就立起身走了。眼睛的意思是说："你公然看不起我。"

把茶杯来代替酒杯，喝了几杯之后，饭也送来了。带着有几分烦躁性的无聊更受了酒的鼓舞，把饭胡乱吃着，又叫了两合酒来，一面吃饭一面喝。

那位下女似乎有意思向我报仇，她没得到我的同意，又把那收音机打开了。

"……满洲……支那……膺惩……不逞……非常时……帝国……"

一批轰轰烈烈的散弹向我的破了的鼓膜打来，显然是一位军人的讲演。

饭只吃得一半，第二壶酒也只喝得一半，我实在没有本领再吃喝下去了。并不是我这已经年逾不惑的人还感着了青年时代的爱国义愤，我实在恨我这耳朵的半聋，听又听不清晰，只是一些断残的电码打进我的脑筋，使我这够烦乱的脑筋愈见化成为了一些杂乱的观念的漩涡。

叫会账。结果是吃了一块六毛钱，心里不免叫了一声冤枉。进面馆里吃两碗馄饨，不也一样可以充饥吗？无聊，无聊，万分的无聊。

在三分醉意、七分懊恼的情怀中出了食堂，到了一家肉店去买了三斤猪油，又想到黄油也是海岸上写信来要买的，折回F面包店去买了两包。问得刚才的饼干还没有送去，便把猪油包子一并交给了店主，托他一并送。因为我又想到在正街上还有一样东西好买，是海岸上写信来要的照面镜。跑到正街上的一家店里去买了一面，费了七毛钱。

我的记忆力怎灭裂到了这样呢？简直像一匹阿美巴，向东放出一只假足出去，缩回来了，又向西放出一只。

回家时已是午后二时，屋后的无花果树熟了两颗，如拳头大，摘来与淑子分而食之，味甚美。把家中收拾了一回，留守的森老人也来了，但是托F店送来的东西却还没有送来。乘自转车送来，是费不上五分钟的。等吧，等得焦躁起来了，又在焦躁中尽等。等到了四点钟都还不见送来，只得把长筒靴拖着跑出去催。原来是那店主人忘了。

五时顷在市川驿搭电车，不上十分钟便到船桥。在船桥改乘火车，五点半钟出发，六时至千叶。换车等了半个钟头，六时二十九分又由千叶出发，九时半抵御宿。

在淡淡的电灯光中的御宿车站外的空场上，一个人也没有。托车站上的人向汽车行打电话，隔了一会来了一部可以坐三十个人的公共汽车。我自己心里惊愕着，不知道这样大一部车送我父女两人到浪花村的岩和田去究竟要多少钱。原来车子虽大，却只要六毛，自然使我放了心。不上十分钟我们便被送到了目的地点。

儿子们都已经就寝，只有他们的母亲起床来迎接了我们。因为晕车，一上车便把眼睛闭着的淑子，这时候见了她的母亲，就像开了拴的电灯。

我顶关心小的一个儿子。在家时，我是时常抱他，看守他的。我猜想他到这海岸上，十天没有我，一定不惯。我问他的母亲：

——"我不在,鸿儿没有什么不惯吗?"

我所期待着的答语是:"是的,他不惯,他想到你便罗唣。"然而,却不然。

——"没有。我们问他:'爸爸呢?'他说:'逃走了。'"

八月一日

五时顷起床。在市川时日日苦雨,至此始见晨曦。

屋小,南向,屋前有山如屏立,树甚翁郁。左侧有连峰耸立,在最高峰之将近山腹处有神社一座,据云是大宫神社。高峰和东侧的窗口正对着,由窗口所界画出的一幅山景,俨如嵌在镜框里的一幅油画。峰头的天宇好像伸手可攀,有白云点散,瞬复融成一片。

到处都有的是苍蝇,是猫,是蚊子。蚊子白昼噬人。

屋前有一片空庭,周遭有无花果树,碧实在枝头累累,但仅大如鸽卵。无花果该是早熟的时候,闻因今年多雨,故未成熟。

安娜一早便到海岸去买了一篮生鱼回来,同时又买了些蝾螺和鲍鱼。

以蝾螺作"壶烧"。所谓"壶烧"者即将活的蝾螺,连壳在火上炮烙之。蝾螺遇热,即涌出多量水液于其介口停积,如壶之盛浆然。待其水液将干则蝾螺已死,其肉即易取出,拌酱油而食之,脆爽可口。唯其所附着之外套膜则须除净,如不除净，其味颇苦。

早饭吃鲜鱼味噌汤，生鲍鱼片，蝾螺壶烧，大有原始的风味。

早饭后负鸿儿出，步至前山下。山下有一曲池塘，有小鱼在水面喋呷，长可二寸许。池边有大树一株，依山而立，罩临池上，叶色浓碧，堆砌如云。初不知为何树，就视始知是银杏。

佛儿与淑子跑来，先跑上大宫神社去了。我也折向那儿。有莺在树丛深处啼。佛儿说："是'薮莺'（yabu-uguisu）啦，在叫。"他跟着便 ho-ho-gekkio 的学了一声。莺声便中止了。儿辈走后，山境复归沉寂，莺复缓缓作声。初仅 ho-ho 地略作尝试，试啭二三遍后始见调匀。

在神社前站着向西南展望，左侧的海湾和海岸，右侧的御宿街市，远远呈示着。日光颇类秋阳，无盛暑意。空气中有乳糜晕。

下山由屋前通过，左转折下海岸。浴客甚寥寥。

遵海而行，东手有浆岩的石山直达至岸。穴山为隧道者二，一稍浅，一深十余丈。深者甚阴湿，顶上有泉水滴下。通过隧道后有一面狭窄的沙岸，渔人们在岸上勤于补网。路径渐与海岸离别，爬上邻比的小山顶上蜿蜒去了。但离开正道，在对面临海的山脚处又现出一个洞口。我便横过沙岸，向那洞口走去。洞道曲折，前方不可透见。步入后，鸿儿生畏。

一面宽慰之，强负之而行。洞中幽暗，几不辨道路，稍一转折，始透见前光。海声轰隆如雷鸣。原来这是渔业公司的养畜池。所谓养畜者，乃购买渔人所捞获，暂时寄养着，凑足，始运至东京等地推销者也。山石因是浆岩，容易贯凿，洞中临海一面凿成无数龛形，复有甬道相连，俨如画廊。海水涌至，因洞穴之共鸣与反响，其声音增大至数倍。海浪声中亦杂有人声，宏大如留声片中之黑头。盖洞中有办公室，公司执事人之对话也。洞口前有堤防一道，海水掩蔽其上可寸许，意当退潮时水必陡落。堤防之内为一深池，盖即所谓养畜池。沿堤防而行，又可至对岸山脚。欲行，方踏出数步，鸿儿即大啼，只得折返。

鸿儿说："海，可怕。"

这的确是一个实感，连我自己也都觉得可怕。凡是过于伟大了的东西，总是要令人生畏的。希腊的海神 Poseidon 并没有带着美人的面孔。

午饭后骤雨片时，译《生命之科学》四页。

晚餐用得特别早，安娜叫儿们准备做木钓竿。大的两个儿子各有一套钓竿，长可七八尺，是两截木棍斗成的，下截粗，上截细。但与其说是钓鱼竿，宁可说是打狗棍。我起初不知道是作甚么用。到了海岸，看见他们各把一大卷钓缗解开来盘旋在沙岸上。钓缗极长，缗端着钩处系一重实的铅环，这尤其使我有些莫名其妙。但疑团立刻冰释了。他们把那铅环来套在那木竿上，铅环的孔能够自由地通过上截的细棍，但不能够通过下截的粗棍。他们举起棍，由离海岸四五丈远处跑向海边去，将竿上的铅环乘势抛向海中，铅环便如铅弹一样飞去，将钓缗曳出可至十余丈远。随手便将竿抛去，理岸上钓缗。

看着这样的情形，我自己也不免破颜一笑，觉得这种钓法，很是别致。据安娜说，儿子们前天在岸上看见有人做这样的钓法，钓到一两尺长的大鱼。他们是昨晚才去把钓具买了来的。我的更进一步的快乐，不用说便是要看到他们钓上一两尺长的大鱼来了。

和儿的钓缗挽上了一次，但只挽得上那个铅环和空的钓钩。在他换上钓饵，准备作第二次投钓的时候，有一位老人领了两位十岁上下的女孩子到海岸上来。她们也为好奇，立在旁近观看。和一准备停当，又照样作势投去的时候，铅环飞得不得力，只飘飘地落进了离岸五六丈远的海中。原来岸上的钓缗被一位女孩子踏着，一投便把钓缗振断了。一场高兴和落进了海中的铅环一样，成了一个空。带领着女孩子的老人告了罪，扫兴地走了。博儿的钓缗也没有收获，便把来收拾了起来。

儿辈都在沙岸上跳跃，凿穴，做种种的游戏。小小的鸿儿也跟着在沙中游戏。他的母亲说："这孩子只要有沙玩，他是整天都不倦的，连脚也不晓得痛。"

坐在沙上，受着当面的海风，在凉意之中挟着温暖的感觉。海水和岸沙昼间所吸收了的太阳热，在这时候正在发散。那发散着的潜热和海风的凉度调和了，刚好到了适人的程度。

岸上的远村和近村都上了灯火。西手的灯火稠密处，有四盏灯一直线地由上而下排列在一座山上。

——"那四盏灯在登山啦。"我莫名其妙地说着。

——"那是神社，"安娜说，"你看这边也有一串。"

回头看到岩和田的一座小山上果真也有一串，但只三盏。西手的那灯火稠密处在放花炮，岩和田也遥遥相应。

临海的山影渐渐转浓，终竟和星影全无的暗空融成了一片，登山的电灯们成为了登上天的星宿。

二日

天气快晴。

晨五时安娜便督促着儿们起床，叫他们开始用功，说在午后同到波都奇去。我也起了床又开始翻译。

午饭用后往波都奇。博儿背着鸿，他们兄弟五人先走着，安娜和我在后面跟随。

走到海岸，穿过了东手的两条隧道之后，又翻过了一匹山，山虽不高而径颇陡峭。山下现出了一片海湾来，有几个儿童在海中沐浴。走下海边时，儿们却不在。

安娜说："是到大波都奇去了。这儿是小波都奇，再往前面一个湾是大波都奇。那儿要更清静些。"

沙岸上仍然晒着网,一位渔夫在坐着补缀。又有一位十六七岁的童子,用橡胶线套在一些竹片上做成了一枝弩枪,像埃及人的跪法一样,跪在岩脚下用砂粒来打一匹伏在岩壁上的蚂蜋。我伫立着看他,但瞄准尚未定,蚂蜋飞了。飞不远又伏着时,童子又瞄准。打了一发,却没打中。我笑了,他也回过头来,向着我发了一笑。牙齿分外的白。

又翻过了一匹小山,这次的路,愈见倾斜,愈见狭隘了。烈日在头上燃烧,汗水不断地浸出。

——"走这样多的路来洗海水澡,未免太吃苦啦。"

——"去年是每天都来的,我还背着鸿儿。"

——"何苦呢?"

——"这边的海水清洁的多,又有岩阴,可以让鸿儿睡午觉。"

——"隔得几天来一次倒还有意思。"

——"凡是天晴是每天都来的。"

我觉得她的母性爱未免太浓厚了,一天的吃食浆洗已够劬劳,还要为着海水的清洁和地方的幽静,在烈日光中背着儿子跑这种陡峭的山路。

由山谷步下海边,海湾的面比小波都奇更狭,但的确更加幽邃。远远看见儿女们都在右手的岩礁上坐着。

——"哦,的确有翻过两匹山来的价值!"我赞叹了一句,又大声地向着儿们叫了一声。小小的鸿儿在岩礁上站立起来，也在叫着，表示欢迎。

我们也走到岩礁上坐下了。

安娜一面拂着自己额下的汗珠，一面说："这儿简直是自己的世界！"

两侧的岩臂向海中伸出，把海湾抱着。中段陡峭的沙岸上堆着些笊篱和破旧的衣服，有两三个小儿在那儿坐着。

儿们都下海去了。我也想下海去，但我没准备浴衣，穿着湿裤回去是不舒服的。安娜劝我索性脱了下去。我照着她的说法，在沙岸上把短裤脱了，就和才生下地来的一样，一丝不挂地跳进了海中。

岸边因有岩壁环抱，岸沙堆砌得陡峭，碧绿的湾水便形容得很深。但跳下海去却也平常。

在海中凫不一会，有一只渔船向着湾子回来了，船上都是赤裸的海女。原来岸上的笊篱和破衣服都是海女们留下的，我起初疑心是乞丐的几位小儿才是等着他们的母亲的渔家的儿女。

我赶快跑上海岸把短裤穿上了。

海女们在船上大笑了起来，笑的声音和海浪一样清脆，牙齿和浪头一样的白。

船要抵岸时，大多数的海女都各人抱了一个鼓形的小木桶跳下了海，凫上岸来，只让一二人在船上掌桡。

她们凫上了岸，把船也帮着拖上了岸来时，我走向船去，想看她们所捕获的是什么。

她们一看见我走拢去，又爽脆地哄笑了起来。

——"你怕我们女娘子，你把来藏着了。哈哈哈……"

——"你怕什么啦，连我们都不怕啦。啊哈哈哈哈哈哈……"

——"檀那，你真白净啦！"

——"你又白又嫩啦。"

——"有点像鳗鱼啦。"

——"像海参咯，啊哈哈哈哈哈……"

笑得我真有点害臊了。

她们所抱的鼓形小桶原来是浮标，是中空的，下边系着一个网袋。网袋里面都装着蝾螺和鲍鱼。

那些海女多是三四十岁的人，年轻的只有二十来往的。头上勒着印蓝花的白布帕，项上挂着一副潜水眼镜，下身套着极紧扎的红色短裤。除掉这点短裤之外完全是裸体。皮肤是平匀的赤铜色，全身分外呈着流线型而富于弹性，大有腽肭兽般的美感。

一群雌的腽肭兽正笑个不止的时候，独有一位最年轻的，她却没有笑。她听见别人说"又白又嫩啦"，把她那黝黑的眼睛举起来看了我一眼，接着又埋下去了。眼睛黑得比海水还要深。

安娜已经带着鸿儿到左手的岩阴下去了,儿女们都聚集在那儿附近,我把海女们的笑声留在背后,向那边跑去。

——"那些海女们大笑了我一场。"

——"为什么呢?"

——"因为我看见了她们回来,赶快上岸穿上了裤子。"

安娜也笑了。她又说:"这儿的海女们,性欲是很强的。一两个男子遇着了她们的一群,只好逃走。中年的海女假使成了寡妇,没法满足时,听说在夜深都得跑到海里来浸。"

——"她们提的鲍鱼和蝾螺是可以买的吗?"

——"那是不能明买的,除非是私下偷卖。海产的权利是官厅所有,公司把那权利购买了。凡所采获的虾、鲍鱼和蝾螺之类都要送到公司,由公司给予规定的采获工钱。譬如给了五毛钱的工钱和五毛钱的权利金,本钱算只花了一块钱的鲍鱼,我们向公司里买,便须得费四五块钱。"

——"她们抱的那个桶子,潜下海时是系在身上作救生带用的吗?"

——"不是那样的。那桶下有网袋,是装鲍鱼和蝾螺的。鲍鱼在海底,很深,通常大抵是男子取。海女只在二三寻深处捉那凫着的蝾螺。她们潜下去,停一下又凫上来,抱着桶子休息。一个大汉要取一个鲍鱼,有时要潜水三两次。"

——"一次可经得多久?"

——"至多怕只得五分钟吧。"

听见了这席话，顿时感觉着那些嬉笑着的海女们的天真，只是在苦海里浮沉着的愚昧。人是的确为一部分垄断的人所膃肭兽化了。

膃肭兽们上了岸，在岸上烧了柴火来取暖，隔不一阵又纷纷上船，划到湾外去了。

我们也从左侧的岩礁折回右侧的来。这右侧的岩礁是坦平的，呈着五层的阶段。在第三层上有一个一寻见方的方池，只有几寸深，中间安置了一个大的天然石。我觉得这是人为的，安娜以为是天成的。但天成的哪有那样的规整呢？那或者是原始时代的渔民所崇拜的生殖神吧？

坐在天然石上，想到这两天来似乎把这浪花村附近的好处已经领略完了，打算明天便回市川去。

——"我打算明天回市川去。"我对安娜说。

——"你何不多休养几天呢？"安娜劝着说，"到十号同和儿一道回去吧。"

——"这儿的好处都看完了，但多住下去，刑士会来麻烦你们。"

——"等来了之后再说吧。"

博在右侧岩腰处画水彩画。画好了走转来时，不注意地踏上石礁上的青苔滑了一跤，仰倒在岩石上，后头很受了跌打，一时竟站不起来。画匣子也跌破了。赶快下去把他扶起来，一场高兴扫去了一半。我担心博是起了轻微的脑震荡，把一张手绢蘸湿，顶在他的头上。

安娜把儿女们都招呼了拢来，准备回去。她背着鸿儿，和佛儿、淑子先走了。我与和儿扶着博，让他慢慢地走。

太阳还是灼灼的，隔着刨花帽晒得头痛。

三日

晴。

五时顷起床，在庭内劈柴。长段的木柴横在地面上，用长柄斧头当腰纵劈之。虽然用尽了力气，但十斧有九斧是打在地面上，不要说运斤成风要斫鼻上的泥髹，竟连劈这样大的柴头，我都赶不上我的老婆。

午饭前负鸿儿到海滨，在港堤上走了一回。有两个男子携着小叉往海里去叉鱼。腰上各有一条长绳系着一个小竹筒在末梢，在背后的水面上浮着。我问堤上的一位渔夫那小竹筒是什么用意。据说那是用来穿鱼。

回寓后看见有两个穿黑羽纱洋服的人在垣外探头探脑地窥伺，一个肥黑而多髯，一个苍白而尖削。一眼便知其为刑士，心中颇不快。

少顷，肥黑者走进来求见，果然是地方上的刑士。口称他们是来"保护名士"的。

我告诉了他，说在此只短住三五天，便回市川，不必大惊小怪地惹得邻近的人都不安宁。

刑士先生也还客气，坐不五分钟，也就走了。

译得《生命之科学》十二页。

五日

午前译《生命之科学》十页。

午后全家又赴小波都奇。今日浪头甚高，海水不能入浴。我一个人往大波都奇，想证实我那个生殖神崇拜的观念。在右手的巨石上坐着，又遇着那一批海女凫水回来了，真像一群海豹。但我没有再去惹她们的勇气了。

岩礁约略形成五段，如王庭，半是天成，半由人力，处处有钻凿痕可见。中段坦平，正中的一个正方形的洼陷亦由人力而成，其中立一巨石。这无论怎么是人为的一种东西，要说是系船用的，但那附近都是岩石，不好泊船。船如泊上，被浪头冲打，会在石上碰破的。我始终相信这一定是原始时代的生殖器神。

在巨石上站立起来，望见左手那股岩石上像虾蟆张口的一个洼岩框，昨天在那下面捕过蟹的，和巨石正遥遥相对。顿然悟到这一定是一雌一雄。

六日

昨夜做一奇梦，梦见在南昌的东湖边上受死刑，执枪行刑者为我的一位朋友。

醒来，头真如着铅弹。盖以洋装书做枕头而睡，故生此幻觉。

午前徐耀辰来信，说岂明先生欲一见，问我几时可回市川。以十号前后回去的消息答复了他。岂明先生的生活觉得很可羡慕。岂明先生是黄帝子孙，我也是黄帝子孙。岂明夫人是天孙人种，我的夫人也是天孙人种。而岂明先生的交游是骚人墨客，我的朋友却是刑士宪兵。岂明此时小寓江户，江户文士礼遇甚殷，报上时有燕会招待之记事。

意趣很郁塞，十时顷负鸿儿出交信，淑子相随。在街头遇着前天来寓的那位刑士，他说了一声"今天天气好"。

淑子要采集海藻标本，同到海岸上去帮她采集。

因为睡眠不足，头脑异常的沉闷。我让淑子在岸头看着鸿儿，跑下海里去浸了一下，今日浪头仍未平。大约是不曾见过海的古人所造出来的谣言，爱说"无风不起浪"，其实在海里是惯爱无风起浪的。忽然间在昏瞆的脑中浮出了两句诗样的文字：

举世浮沉浑似海，
了无风处浪头高。

七日

午饭时分从海上回来，淑子远远跑来迎接着我说是有客。

是三位中国学生。一个 L 君我认识的,其他的两位却是初见。

L 君说他们一早到了市川,那位森老人把地址告诉了他们。他们是在御宿前一站的浪花下了火车,又坐汽车跑来的。我觉得他们这一错也错得妙,没从御宿下车,正好免掉了或许会有的麻烦。

他们的来意是要出一种文学杂志,托我在上海替他们介绍出版处。我答应了他们,叫他们把条件等等商议好,我在十号回市川,到那时便替他们办理。

今早安娜烹了一只鸡,预备午饭时吃的,恰好供了客菜。

八日

今晨起来,安娜说"今日大潮"——所谓"大潮"乃大退潮也。早饭后把淑子和鸿儿带着到海岸上去。海水真是退得很远,显出了很多浅浅的岩礁来。有许多大人和孩子在那浅水处捡拾一些来不及退却的鳞介。但我们来迟了,只见一些水荡里有些小小的沙鱼(日本叫着 dabo)。淑子也热心地用两手来捞沙鱼。捞了一阵,有一位浴客把自己的葛巾中包着的一匹小章鱼给了她,没说一句话便走了。仔细看去,很像是中国人,或者怕是台湾的黄帝子孙吧?

一匹小小的章鱼添上了无限的情谊。

淑子得到了章鱼,她便想连忙拿回去夸示。她对我说:"回去不要说是人家给的。"

她这点无邪气的要求，我费了小小的踌躇，但也应允了。

拿回家去，她说是她自己捉的。她的三个哥哥听了都欢天喜地，连她的母亲也在面孔上呈出了一段光彩。

但在我自己的心中却不免生着苛责，我觉得是误了女儿，欺了妻子，辜负了那位送鱼的人。不该，真是不该。

九日

午前安娜携着儿女出海岸，我一人留在寓里译书。她说，打算到近村的大东去，看好地址预备明年好来，明年是不再到岩和田来了。但她们出去仅仅两个钟头的光景便转来了。大东太远，没有去成。今天仍然是"大潮"，他们也捡了些鱼介回来。有一匹章鱼比昨天的还大。

午饭后大的三个儿子出去画画去了。乘着鸿儿在午睡，我把淑子携着去看"日、墨、西交通纪念碑"。这碑立在临海的一座山头，是这座小村上唯一的史迹。据说一六〇九年（三百二五年前），当时还是西班牙领地的菲律宾总督 Don Robrigobe V 乘船到墨西哥去，在海上遇了暴风，漂流到这岩和田来被人搭救了，碑是纪念这件事情的。我来的时候便想去凭吊，但因为几天来的注意都集中在海里，没有工夫去爬山。但已经决定明天离开这儿了，明年乃至永远怕没有再来这儿的机会了，今天是非去不可的。

碑是白色大理石所嵌成的方尖锥形，约有四五丈高。有铜牌用日本文与西班牙文刊载着建碑的原故,是五六年前由日、墨、西三国所合建的。

碑的地位颇占形势,岩和田、御宿一带的山海都在一望之中。爽适的凉风不断地吹来,在碑下不禁引起了流连的情趣。

和、博二子远远在更高一层的山边上写生。佛似乎是看见了我们,从那儿跑了来。他和淑子两个便催促着去登那更高一层的山,我在碑下低徊了好一会,才又跟着他们走去。

步到和、博所在处时,他们是在番薯地中对着纪念碑一带画水彩。和说已经画完,他把画来藏起了。其实他是怕我看他的画。

佛儿说:"我们到雀岛去!"

淑子立地赞成了。

据说,雀岛还在大波都奇前面的一个湾子里面,是一座像石笋一样的岛子,头上有些草木,有很多的瓦雀在那儿结巢。就沿着那山路可以走下去的。

他们都很踊跃,我也就跟着他们。

在山路上走着,俯瞰着小波都奇、大波都奇,都从眼底呈出而又走过。果然在大波都奇前面的一个湾子里现出了那座石笋形的雀岛来。要说是岛,其实最好是说为石笋。那岛依傍着湾右的岩股,显然是从那岩股切离出来的东西。岩和田附近的岩石大都是柔脆的浆岩,切离是很不费事的。或者怕又和大波都奇的那个方池中的巨石一样,同是一种古代宗教的偶像吧？我又起了一番好奇的心，想跑到那岛下面去观察。

佛儿说他识路，便让他在前面做向导。拣着向那雀岛所在的两山之间的谷道里走去，下了峡谷起初还有一些田畴。在田埂上弯转地走，把田一走尽，便是一望的荒草，有些地方将近有一人深的光景。路是连痕迹也没有的。我冒险把木屐去践踏，仅踏得两三丈远，手足便有好几处受了伤。

淑子说："怕有蛇呢！"

天又不凑巧地突然严重地阴晦下来，看看便有猛烈的暴风雨袭来的模样，没有勇气再往前走了，只好赶快跑回头路。

在山道上拼命地跑，跑得前气不接后气地怕有三十分钟的光景。天，黑得逐渐严重，看看便要崩溃下来。幸好，在天还未崩溃下来之前，我们赶到了寓里。

不一会，起了猛烈的旋风。好像鼓尽了全宇宙的力量一样，倾倒了一批骤雨。之后，天又俄然清明了。

影子

午后，屈楚与林辰二君来访。

——"假使抗战没有起来，你恐怕还是没有机会回国吧？"

八年来我接受过不知道多少次数的这样问话，又由林辰向我重提了一遍。

我回忆起十年亡命期中在日本江户川上所住过的那座小屋。

我手栽的那株大山朴，怕已经长成乔木了。应该是紫薇树开花的时候。

那座小屋的背后，隔着一条公路，是一带小丘陵，有好些古老的松树在上面。松树下是附近一个小村落的公墓。

我每当写作疲倦了，或者忧郁不堪的时候，便登上那小丘在松林和墓丛中徘徊。"我结果怕也只好成为这墓丛中的一座了！"这样的想念在我的脑子中不知道徘徊过多少遍。

当我把这样的回忆诉述了一遍之后，林辰突然背起两句旧诗来：

——"'关山随梦渺，儿女逐年增'，你当年的心境是保存在这首诗里面的啦。"

诗句和我很熟,费了好几秒钟的缭绕,我才慢慢地记起是我自己的诗,但上下文都不记忆了。

——"这诗你是在什么地方看见的?"我问着。

——"不记得是在你的什么书上了。开首的两句是'信美非吾土,奋飞病未能'。因为我近来的生活和这相仿佛,所以我爱读它。"

——"下文呢?"

——"不记得了。"

诗确实是我自己的诗,抗战发生前三两年在日本写的,当时也觉得相当适意。回国以后的这几年间,生活环境完全改变了,一次也不曾记起来过,渐渐被抛进"忘却"的仓库里去了。

诗是五律,后四句呢,真好像追寻一段残梦一样,愈追寻,愈是渺茫。

晚间,同立群往银社去看《不夜天》。

路曦演着剧中的主角,一位女伶。

——"路曦真是会演戏,演得多么自然。"立群不断地赞赏着。"今年雾季她演的两个戏都很好,《离离草》和这《不夜天》。"

戏里有唱京剧的一段插曲。

——"路曦会唱京剧吗?"我问。

——"她一定会唱的,她很会唱歌。她也很会弹钢琴呢!"

不错,我想起了。立群说过她和路曦一道学弹钢琴的时候,两人互相勉励,死不放松,夜里弹倦了,有时候就伏在钢琴上睡熟了。

观众多,座场窄,纸烟四起,空气不流通,像进了浴室一样。看到第四幕的时候,头便有点隐痛。这是碳酸瓦斯中毒的征候。

在这样的时候,我又在追寻着那首旧诗,依然没有着落。

十一点钟光景,戏演完了。我们随着人的潮浪流了出来。立群也说她的头有点微痛。

上坡,经过望打隧道,步上街头。

被清冷的夜风微微吹拂着,头痛渐渐平复了。

立群紧紧挽着我的左肘,步行到精神堡垒附近的时候,有一群人拥在街心。

是一位美国兵喝醉了。一名警察去扶他,力量不够,结果是醉者倒在街心,画了一个"大"字。口里说着 I am sorry(对不住),一个街头的小孩子学舌:"俺棱了!"

——"美国兵也忧郁吧?"立群这样问着。

——"或许,"我回答着,"但他们有的是金钱,有的是健康,而我们中国有的是酒,或许也是在尽情地享乐吧?"

——"我们到'心心'去喝杯牛奶?"

——"很好。"

正好走到"心心"门口,门外停了好几部汽车。隔着门上的玻璃窗,看见里面坐满了的人。

——"哦,好多的人!"我惊叹着。

——"那么,我们不进去吧。"

——"怕什么。"

我们还是推开门窗进去了。柔软的音乐在从胶片中荡漾出来。男的女的坐满了一个大敞间,但没有一个相熟的面孔。

我们选了一张靠边的长条桌上坐着,尽量避免人们的注意。叫了两杯牛奶。

——"一个熟人也没有。"我又张望了一会之后这样说。

立群隔着席面,把头埋过来,低声地回答我:"我们圈子里面的人,够资格来的很少。"

无言地喝着热牛奶,身上微微发起汗来了。无怪乎四桌的都是冰淇淋、汽水、半裸体、短袖衬衫。

突然,那首旧诗的最后两句像深水里的气泡一样浮起来了。——"何当挈鸡犬,共得一升腾"。

然而第三第四两句,却是迷离恍惚的,像是已经到了门外,但还隔着一层不透明的帘幕。

街头的电灯雪亮,奇异的还没有停电。

讲起了朋友,泛泛的交游,大家都是很多,但要能够影响彼此的心灵,规范彼此的生活,临到患难时,不惜抛弃自己的生命的,实在很少。

《不夜天》的情节还在脑中流连。女伶金小玉因为要救自己的爱人,不惜准备牺牲自己的贞操,而结果刺杀了仇人,同归于尽了。……

突然,旧诗的第五和第六两句像气泡一样又浮上来了:"五内皆冰炭,四方有谷陵。"

心里感觉着轻松。立群仍有力的挽着我的左肘,等于在搀扶着我的一样。

街头很清净,影子忠实地伴随我们,在水门汀上颠来倒去。

1944 年 5 月 10 日

冷与甘

鲁迅脍炙人口的两句诗：

横眉冷对千夫指，
俯首甘为孺子牛。

这把鲁迅精神表示得非常圆满。

在今年鲁迅逝世十周年纪念会上，我在演说里面引用了这两句，却把"冷对"误成"忍对"去了。不过当我演说完毕之后，自己立即感觉到了我的错误，和这错误的来源。

接着在我之后是周恩来副主席讲演。恩来也引用了这两句，但他又把"冷对"记成"怒向"去了。这不用说也是错误，而且有趣的是错误的来源也和我的相同。

我们事后关于这个小小的问题讨论过一下，恩来说，他在讲演之前，还向坐在旁边的叶圣陶先生问过，圣陶先生也以为是"怒向"。

我说，我们错误的来源相同。这来源是在什么地方呢？

也是鲁迅的另外两句诗：

忍看朋辈成新鬼，
怒向刀丛觅小诗。

我从这儿上一句记取了"忍"字，恩来则从下一句记取了"怒向"两个字。

然而，就由这无心的错误，我们倒似乎把鲁迅精神的一面——反抗的一面，很适当地阐发了。

便是"怒"加"忍"等于鲁迅的"冷"。

但可不要忘记：鲁迅精神还有另外一面，那便是鲁迅的"甘"。这应该是等于"爱"加"诚"的。这儿也可以引证鲁迅的两句诗：

精禽梦觉仍衔石，
斗士诚坚共抗流。

上一句虽然没有"爱"的字样，但里面正含蓄着无限深沉的"爱"，意思是说：为了"爱"，便明知无望，也不失望。

1948年12月21日

昧爽

"他们真是残忍的怪物……真是喝着血液的怪物!……啊,我们是太怯懦了……我们不知道什么缘故,见了血总是害怕……"

模模糊糊地有一种微弱的声音在我耳边诉说,我半意识地醒了转来。一个人睡着的一楼一底的后楼里,昏昏蒙蒙中并没有看见什么人影。我只觉得左边项上有些作痒,我微微搔了几下,已经起了好几个疙瘩了。话声又微弱地继续了起来:

"怪物们不知道流了我们多少血了……他们看见我们就要屠杀……前几天我几乎被一个小怪物刺死了,幸亏我逃得快,逃在一个悬崖下躲着,一点声息也不敢哼出来……"

在这些声音里面,有两三种不同的音调可以辨别出。好像是女人的声气,但是室中除我而外,不说没有女人,连人的影子也没有。要说是邻居的谈话,声音很微弱,不应有如此清晰。我便冷飕飕地打了几阵寒噤。我虽是不信鬼的人,但这种先入的迷信观念总不免要浮上意识界来。我把十年来寒暑不曾离身的一床脱尽了毛的毛毡引来把头脑蒙着,但是说话的声音仍然间隔不断。

"我的姐姐是被他们刺死了,同时还死了几个幼儿……他们真是残忍,一伤害起我们来便什么手段也不选择;无论火也好,水也好,毒药也好,兵器也好,打扑也好,用尽百般手段,只是想流我们的血……啊,这仇是不能不报的!……"

我睡的床是一尊旧床,是从旧货铺里辗转买来的。这床的年龄至少怕有七八十岁了。在这床上,以前不知道睡过些什么样的人。难产死了的年少的母亲,服了堕胎药可怜与胎儿同归于尽的处子,被浪子骗了抑郁而死的少妇……她们的呻吟声,她们黑灼灼的眼光,苍白而瘦削的面庞,随着那些话声便一一现到我眼里来。我好像浸在水里。不知道是什么时刻了,我希望是在做梦,但我伸手去悄悄摸我左项的疙瘩时,还依然隆起着。我用力掐了两下,自己也觉得疼痛。这怕不是梦了。啊啊,她们还在说!

"大用外腓,真体内充。返虚入浑,结健为雄……"

我把《诗品》的《雄浑》一篇来当着符咒一样默念。我并不是相信这篇东西可以避邪,我是想把我的意识集中在别一个方向去,不使我的耳朵旁听。啊,但是,你们怎么不听命哟,我的耳朵!

"……但是我们是些无抵抗的人呀……啊,我们是太怯弱了,我们见了血总是怕……只有他们流我们的血的时候,没有我们流他们的血的时候……我们这么爱和平的族类!……"

说话的声音似乎移到我脚一头的西北角去了。——说不定怕就是《聊斋》上常见的狐狸罢？楼下当当地打了四下钟，啊，救星！天是快要亮了。我大胆地把头伸出毛毡来，但仍然是一房空洞，一房昏暗。说话的声音仍然在西北角上幽咽，我又打了几下寒噤。我就好像变成了那位游历小人国的幸理法（Gulliver）一样，有许多纸人豆马在身上爬。上海这个地方真是无奇不有了。但我听见他们说是爱和平的族类，倒使我安了几分心。他们说的残忍的怪物我不知道是指什么。我的恐怖倒隐隐转移到这怪物身上来了。怪物！喝着血液的怪物！但是这类的东西太多了，我的联想的力量就好像浮在一个茫茫的大海里。我突然想到我们四川的"小神子"来。

据说小神子这样东西你看不见，但它一缠绕了你，它要做出许多险恶的事情来。分明是一甑饭，它立刻可以替你变成蛆。分明没有起火的原因，它立刻可以烧你的房子。这东西的气量非常褊小，你千万不能出语冲犯它。它也可以藏在空中说人话。

"……啊啊，我们是爱和平的族类呀……"

好混蛋！你们这些爱和平的族类，怎么扰乱了我一清早的和平呢？你们到底是什么？鬼？狐？小人国的小人？还是四川的小神子？我是不甘以弱者自居的，你们要揶揄人，尽管现出形来，不要在空中作怪！我出声骂了起来，只听西北角上微微起了一阵笑声。

我的惊惧变成了愤怒了。我把毛毡一脚蹬开，不料用力太大了，竟蹬出了一个大框。但是我已经起床来了。房中已经薄明，黑暗还在四角强项。我先看了床底，把怀中电灯一照，并没有发现什么。我又愤愤地把草席揭开了。啊，奇怪！我在床角上才发现了几员大大小小的赤金色的大腹便便的——臭虫！啊，就是这样的爱和平的族类么？怪不得我，我正是喝着血液的怪物！我等不及寻找什么家具，便用我的右手一一把它们扑杀了。啊，痛快！流了一大摊的血！其实是我自己的血！

天色还早，我便依然盖着毛毡睡了。

听着外边叫报的声音，一觉醒来的时候，已经是八点钟了。我疑心天将明时做的是一场梦，但我右手的中指和次指上居然带着了一些血，闻了一下居然还有几分余臭。啊，我的毛毡不知道怎么样了？……唪！可不是有这么一个大洞吗？十年相随的老友哟，可怜我忍不下一时的不平，竟连累了你受了这么一次蹂躏。请你恕我吧！

唉，没中用！眼泪快要流下来，我又把它喝转了去。——还是去买些针和线来，把我的旧友补好罢……

1924年，在上海

诗歌与音乐

自然界中一切的风声雨声，水声涛声，兽声鸟声，甚至如花开花落的声响，都有一定的顿挫抑扬。人在未有言语时说发出的意思混沌的呼号叫笑，也都是自成天籁。这些都是最早的音乐或音乐的母型。人到发现了自然音乐中的规律，于是便有音阶与律吕的产生，由于音律的合理组成，使音乐更加成长了。

人类的语言发明后，一种兼含着明确意识的音乐出现，它便是诗歌。诗歌对于音乐似乎只是一种分枝或者变种。但言语的音律性有限制，而音律的发展无限制，意识的音乐超越了音律的限制而成长，于是诗与歌便逐渐分离，诗歌与音乐也逐渐分离了。

随着两者的成长与分离，同时更为社会的分化说强迫，诗歌与音乐都错误地走上了权贵奉仕的道路。技巧归诸宫廷。本质留在民间。技巧随着时代的翻新而翻新，本质随着人民的用在而用在。人民的生活，人民的感情，人民的愿望，始终保持着诗歌与音乐的不断的本流。

三十年来人民在呼唤，要把诗歌和音乐各自的本流充沛起来，要把技巧与本质合而为一，要它们整个地奉仕于人民，反映人民的生活，表达人民的情感，成就人民的愿望。经过三十年的辨证的发展，雅与俗，新与旧，外来与固有者，渐渐到了可以成为新的综合的时候了。人民在要求着新的人们艺术，新的民族形式。

诗歌与音乐要在这新的要求之下平衡地发展，而保持着密切的关联，要以人民的意识为意识，时代的节奏为节奏。没有意识的节奏不能成为音乐，没有节奏的意识不能成为诗歌，这对流动的时间艺术应该成为新中国的呼吸，并使其他的姊妹艺术在同一的呼吸之下而发展着新的生命。

就这样，我们服从人民的号召，我们要创生新音乐与新诗歌，新音乐与新诗歌的大合抱，和一切艺术的大合抱，奉献于我们至高无上的主——人民。

1946年6月9日于上海

(三)

留下痕迹,成了岁月,成了回忆

重庆值得留恋

在重庆足足呆了六年半，差不多天天都在诅咒重庆，人人都在诅咒重庆，到了今天好些人要离开重庆了，重庆似乎又值得留恋起来。

我们诅咒重庆的崎岖，高低不平，一天不知道要爬几次坡，下几次坎，真是该死。然而沉心一想，中国的都市里面还有像重庆这样，更能表示出人力的伟大的吗？完全靠人力把一簇山陵铲成了一座相当近代化的都市。这首先就值得我们把来作为精神上的鼓励。逼得你不能不走路，逼得你不能不流点小汗，这于你的身体锻炼上，怕至少有了些超乎自学的效能吧？

我们诅咒重庆的雾，一年之中有半年见不到太阳，对于紫外线的享受真是一件无可偿补的缺陷。是的，这雾真是可恶！不过，恐怕还是精神上的雾罩得我们更厉害些，因而增加了我们对于"雾重庆"的憎恨吧。假使没有那种雾上的雾，重庆的雾实在有值得人赞美的地方。战时尽了消极防空的责任且不用说，你请在雾中看看四面的江山胜景吧。那实在是有形容不出的美妙。不是江南不是塞北,而是真真正正的重庆。

我们诅咒重庆的炎热,重庆没有春天,雾季一过便是火热地狱。热,热,热,似乎超过了热带地方的热。头被热得发昏了,脑浆似乎都在沸腾。真的吗?真有那样厉害吗?为什么不曾听说有人热死?过细想起来,这重庆的大陆性的炎热,实是热得干脆,一点都不讲价钱,说热就是热。这倒是反市侩主义的重庆精神,应该以百分之百的热诚来加以赞扬的。

广柑那么多,蔬菜那么丰富,东西南北四郊都有温泉,水陆空的交通四通八达,假使人人都有点相当的自由,不受限制的自由,这么好的一座重庆,真可以称为地上天堂了。

当然,重庆也有它特别令人讨厌的地方,它有那些比老鼠更多的特种老鼠。那些家伙在今后一段相当时期内,恐怕还要更加跳梁吧。假如沧白堂和较场口的石子没有再落到自己身上的份时,想到重庆的战友们,谁能不对于重庆更加留恋?

1946 年 4 月 25 日

忆成都

离开成都竟已经三十年了。民国二年便离开了它,一直到现在都还不曾和它见面。但它留在我的记忆里,觉得比我的故乡乐山还要亲切。

在成都虽然读过四年书,成都的好处我并不十分知道,我也没有什么难忘的回忆留在那儿,但不知怎的总觉得它值得我怀念。

回到四川来也已经五年了,论道理应该去去成都,但一直都还没有去的机会。我实在也是有些踌躇。

三年前我回过乐山,乐山是变了,特别是幼年时认为美丽的地方变得十分丑陋。凌云山的俗化,苏子楼的颓废,高标山的荒芜,简直是不堪设想了。

美的观感在我自己不用说是已经有了很大的变迁,客观的事物经过了三二十年自然也是要发生变化的。三二十年前的少女不是都已经成了半老的徐娘了吗?

成都,我想,一定也变了。草堂寺的幽邃,武侯祠的肃穆,浣花溪的潇洒,望江楼的清旷,大率都已经变了,毫不容情地变了。

变是当然的，已经三十年了，即使是金石也不得不变。更何况这三十年是变化最剧烈而无轨道的一世！旧的颓废了，新的正待建设。在民族的新的美感尚未树立的今天，和谐还是观念中的产物。

但成都实在是值得我怀念，我正因为怀念它，所以我踌躇着不想去见它，虽然我也很想去看看抚琴台下的古墓，望江楼畔的石牛。

对于新成都的实现我既无涓滴可以寄与，暂时把成都留在怀念里，在我是更加饶于回味的事。

1943年2月13日

初访蓝家庄

　　车道两旁的翠绿，在薄暗而清凉的朝气中和人一道醒来，彼此呈献着无言的亲密。

　　这样最值得令人回味的印象和我阔别了好几年，去年（一九四五）的六月尾上，由列宁格勒乘火车回莫斯科的时候，曾经温习过一次，这一回由上海到南京，又在南京附近再行见面了。如果有什么神秘事物存在，那深浓的翠绿，肃穆而葱茏地呼吸着的翠绿，似乎就可以称为神秘吧。那是并没有好长的一段时间，等那早晨的薄暗逐渐化除，翠绿的神秘意，乃至亲密意，也就逐渐消逝了。

　　在苏联境内所见到的多是一望无际的大森林，那翠绿的神秘意也就更加深浓，在江南所见到的多是一望平畴，神秘意虽然要逊色些，但亲密意似乎是要浓厚些的。

　　就在翠绿的亲密意逐渐消逝干净的时刻，火车到了南京，是正整早晨六时。有点渺茫，有点荒伧，车站上没有碰见一个熟人。有长条的红布横幅的标帜张挂着，是欢迎青年军复员的。那已经是前两天的事，标帜却还没有取下。

但也并不比到了外国那样生疏，我们两个人，冯乃超和我，各人提着一个手行李，跟着人流一道，稍微落后地流出车站。有不少的黄包车夫、马车夫、汽车夫，前来欢迎着我们。

——先往哪儿去呢？我向乃超商量着。

——到参政会去找雷震吧。

——太早，不行的，还没有到办公的时候。先到民主同盟的办事处去吧。

乃超把手册取了出来，查出他所记的地址是"安家庄十六号"。

——不对，我记得报上所写的是"蓝家庄"。

雇了一部汽车，决定先到蓝家庄去。应该送进博物馆去养老的一部老爷车驮着我们，喘气连天地在南京市中颠簸。走过了些大街，也走过了些小街。最引人注意的是有好些空旷而荒凉的地面，在大多数矮陋的街市房屋之中每每突然又现出一两幢庞大而中西合璧的宫殿式建筑。这些中西合璧的宫殿，大率都是官厅了。实在有点不大调和，仿佛把十来个世纪紧缩在了一个镜头里面。大街是近代式的，很宽，没有电车设备，似乎愈显得宽。就因为这显得太宽就连那些应该是巍峨的新宫殿都显得太矮了。偶尔有些高大的洋楼，也愈显得出类拔萃，连宫殿似乎都在向洋楼叩头了。

突然又横过了一段铁路轨道，前面显现出两幢文庙式的新建筑。左手的一幢，在正门上挂着"选贤任能"的横匾。司机告诉我们：这就是考场了，是考做官人的地方。

205

汽车从这考场前向右转，第二幢原来就是考试院，要这才更像文庙。门前隔着公路凿就了一个半月形的池子，自然是取象于旧时的泮水，但可惜池面太小，而且有一角已经塌了。池子更前面的广场里面，有一座不知是塔还是亭的建筑，倒有点像从前焚化字纸的字库，却是透空的。

经过考试院之后，突然进入乡村。渡过了一道快要腐朽的木桥，汽车停止了。司机说：已经到了蓝家庄。

不错，就在路的左边，有一座单独的破洋房立在四面的田地里面。虽然只剩下空洞的残骸，但门口的蓝磁门牌上，确实是写着蓝家庄十五号。

下了车，想找寻"十六号"的所在。正抬头四望，没想出就在破洋房的左手，稍后的一幢的洋楼上，看见了罗子为。

——呵！我不禁欢叫了出来：对了，那儿就是了！

这一发现所给予我的快感，实在是难以形容，或者不免夸大了一些也说不定，我感觉着我就像经过了长期航海之后的哥伦布，果然发现了新大陆。

向着乐园前进

孩子剧团的小朋友们和我相识已经快满四年了。

他们这个可爱的小小的团体是"八一三"以后在上海组织的,那时他们之中,大的不过十六七岁,小的仅仅七八岁。他们以那样小小的年纪,却有这样值得佩服的组织力,怎么也表示着我们中国的伟大的将来。

在上海未成孤岛之前,他们在那儿做了不少有益于抗战的工作,尤其对于难民尽了他们的慰劳、宣传,甚至教育的责任。我和他们,就是在租界的一个难民收容所里,第一次见面的。

在上海成了孤岛以后,我是由海路经过香港、广州、长沙,而到达武汉。在武汉又和他们第二次相见了,那是二十七年的正月。他们都是采取陆路,经过镇江、徐州、新郑,而到达武汉的。他们那沿途的经历,时而化整为零,时而集零为整,已经是一部很有趣的小说。

到了武汉以后,他们和我的联系便更加密切了。不久我参加了政治部门的工作,便把他们收编到了政治部来,这一群小朋友于是乎便成为了我的朝夕相处的共事者。他们的工作和生活我是知道得比较详细的，他们的存在对于我是莫大的安慰，而同时是莫大的鼓励。

由武汉而长沙而桂林而重庆，他们沿途都留下了不能磨灭的工作成绩。在工作的努力上，在自我教育的有条理上，委实说，有好些地方实在是足以使我们大人们惭愧。政治部有他们这一群小朋友的加入，实在是增加了不少光彩。到了重庆后，他们分头向各地工作，几乎把大后方的各个省份都踏遍了。

这一次他们在重庆开始第一次的大规模的公演，而所演的《乐园进行曲》，事实上就是以他们为粉本而写出来的戏剧。现在都由他们自己把他们的生活搬上了舞台，真正是所谓"现身说法"。我相信是一定可以收到莫大的成功的。

随着抗战的进展，他们的年龄长大了，团体也长大了。在桂林和长沙儿童剧团合并之后，各处都有小朋友参加，他们真真是做到了"精诚团结"的模范。其中有好些团员，严格地说恐怕已经不能算是"孩子"了吧。而我却希望他们永远保持着这个"孩子"的英名。

在精神上永远做孩子吧。永远保持敏感和伸缩自在的可塑性吧。

"孩子是天国中最大者"，有人曾经这样说过。

我是坚决地相信着，就要由这些小朋友们——永远的孩子，把我们中国造成地上乐园。

1930 年 3 月 25 日夜

长沙哟,再见!

春天渐渐苏醒了。

在长沙不知不觉地便滞留了二十二天,认识了不少的友人,吃过了不少的凉薯,游过了三次岳麓山,在渐渐地知道了长沙的好处、不想离开的时候,偏在今天我便要和长沙离别了。

古人说:长沙乃卑湿之地。不错,从岳麓山俯瞰的时候,长沙的确是卑。在街上没有太阳而且下雨的时候,长沙的确是湿。但我在长沙滞留了的这二十二天,却是晴天多雨天少,长沙所给予我的印象,并不怎么忧郁。

可不是么?那平淡而有疏落之趣的水陆洲,怕是长沙的最好的特征吧。无论从湘水两岸平看,无论从岳麓山顶俯瞰,那横在湘水中的一只长艇,特别令人醒目。清寒的水气,潇舒的落木,淡淡的点缀着,"潇湘"二字中所含的雅趣,俨然为它所独占了。或者也怕是时季使然吧。假使是在春夏两季之交,绿叶成荫的时候,或许感触又有两样吧。

春天渐渐苏醒了,在渐渐知道了长沙的好处、不想离开的时候,偏在今晚就要离开长沙。

且我在离开长沙之前,却有一个类似无情的告别。

我此去是往武汉的,虽然相隔并不远,但我在最近的时期之内却希望不要再到长沙。

我希望我在年内能够到南京、上海,或者杭州,或者是济南,或者是北平。能够离开长沙愈远便愈好。

待到国难解除了,假使自己尚未成为炮灰,我一定要再到长沙来多吃凉薯。率性就卜居在我所喜欢的水陆洲,怕也是人生的大幸事吧。

春天渐渐苏醒了,我同南来的燕子一样,又要飞向北边。长沙哟,再见!

飞雪崖

重九已经过去了足足七天，绵延了半个月的秋霖，今天算确实晴定了。

阳光发射着新鲜的诱力，似乎在对人说：把你们的脑细胞，也翻箱倒箧地，拿出来晒晒吧，快发霉了。

文委会留乡的朋友们，有一部分还有登高的佳兴，约我去游飞雪崖，但因我脚生湿气，行路不自由，便替我雇了一乘滑竿，真是很可感激的事，虽然也有些难乎为情。

同行者二十余人，士女相偕，少长咸集，大家的姿态都显得秋高气爽，真是很难得的日子呵，何况又是星期！

想起了煤烟与雾气所涵浸着的山城中的朋友们。朋友们，我们当然仅有咫尺之隔，但至少在今天却处的是两个世界。你们也有愿意到飞雪崖去的吗？我甘愿为你们作个向导啦。

你们请趁早搭乘成渝公路的汽车。汽车经过老鹰崖的盘旋，再翻下金刚坡的曲折，从山城出发后，要不到两个钟头的光景，便可以到达赖家桥。在这儿，请下车，沿着一条在田畴中流泻着的小河向下游走去。只消说要到土主场，沿途有不少朴实的农人，便会为你们指示路径的。

走得八九里路的光景便要到达一个乡镇，可有三四百户人家。假使是逢着集期，人是肩摩踵接，比重庆还要热闹。假使不是，尤其在目前天气好的日子，那就苍蝇多过于人了。——这是一切乡镇所通有的现象，倒不仅限于这儿，但这儿就是土主场了。

到了这儿，穿过场，还得朝西北走去。平坦的石板路，蜿蜒得三四里的光景，便引到一条相当壮丽的高滩桥，所谓高滩就是飞雪崖的俗名了。

桥下小河阔可五丈，也就是赖家桥下的那条小河——这河同乡下人一样是没有名字的。河水并不清洁，有时完全是泥水，但奇异的是，小河经过高滩桥后，河床纯是一片岩石，因此河水也就顿然显得清洁了起来。

更奇异的是，岩石的河床过桥可有千步左右突然斩切地断折，上层的河床和下层相差至四五丈。河水由四五丈高的上层，形成抛物线倾泻而下，飞沫四溅，惊雷远震，在水大的时候，的确是一个壮观，这便是所谓飞雪崖了。

到了高滩桥，大抵是沿着河的左岸再走到这飞雪崖。岸侧有曲折的小径走下水边，几条飞奔的瀑布，一个沸腾着的深潭，两岸及溪中巨石磊磊，嶙岣历落，可供人伫立眺望。唯伫立过久，水沫湿衣，虽烈日当空，亦犹霡雨其蒙也。

河床断面并不整齐，靠近左岸处有岩石突出，颇类龙头，水量遍汇于此，为岩头析裂，分崩而下，譬之龙涎，特过猛烈。

断床之下及左侧岩岸均洼入成一大岩穴，俨如整个河流乃一宏大爬虫，张其巨口。口中乱石如齿，沿绕齿床，可潜过水帘渡至彼岸，苔多石滑，真如在活物口中潜行，稍一不慎，便至失足。

右岸颇多乱草，受水气润泽，特为滋荣。岩头有清代及南宋人题壁。喜欢访古的人，仅这南宋人的题壁，或许已足诱发游兴的吧。

我们的一群，在午前十时左右，也走到了这儿。在我要算是第五次的来游了。虽久雨新晴，但雨量不多，因而水量也不甚大，在水帘后潜渡时遂无多大险厄。是抗战的恩惠，使我们在赖家桥的附近住上了四个夏天和秋天，而我是每年都要来游一次，去年还是来过两次的，可每次来都感觉着就和新来的一样。

我记得第一次来的时候便看到清代的一位翰林李为栋所做的《飞雪崖赋》，赋文相当绮丽，是他的学生们所代题代刊在岩壁上的，上石的时期是乾隆五年。当年曾经有一书院在这侧近，现在是连废址都不可考了。李翰林掌教于此，对这飞雪崖极其心醉。赋文过长，字有残泐，赋首有序，其文云：

崖去渝郡六十里，相传太白、东坡皆题诗崖间，风雨残蚀，泯然无存。明巡按詹公朝用，阁部王公飞熊，里中人也。凿九曲池，修九层阁，极一时之盛游。而披读残碣，无一留题。……

的确，九曲池的遗迹是还存在，就在那河床上层的正中，在断折处与高滩桥之间，其形颇类亚字而较复杂。周围有础穴残存，大约就是九层阁的遗址吧。

但谓"披读残碣，无一留题"，却是出人意外。就在那《飞雪崖赋》的更上一层，我在第二次去游览的时候，已就发现了两则南宋人的留题。一题"淳熙八年正月廿七日"，署名处有"李沂"字样。这一则的右下隅新近修一观音龛，善男善女们的捐款题名把岩石剜去了一大半，遂使全文不能属读，但残文里面有"曲水流觞"及"西南夷侵边"字样，则上层河床的亚字形九曲池，是不是明人所凿，便成问题了。另一则，文亦残泐，然其大半以上尚能属读：

（飞）雪崖自二冯而后，未有名胜之（游），（蜀）难以来，罕修禊事之典。（大帅）余公镇蜀之九年，岁淳祐辛亥，太（平）有象，民物熙然。灯前三日，何东叔，（季）和，侯彦正，会亲朋，集少长。而游（其）下。酒酣笔纵，摩崖大书，以识岁月。……

末尾尚有两三行之谱，仅有字画残余，无法辨认。考"淳祐辛亥"乃南宋理宗淳祐十一年（西纪一二五一年），所谓"余公镇蜀"者，系指当时四川制置使兼知重庆府事之余玠。余玠字义夫，蕲州人，《宋史》中有传。蕲州者，今之湖北蕲春县。余玠治蜀，大有作为，合川之钓鱼城，即其所筑。当时蒙古势力已异常庞大,南宋岌岌乎其危,而川局赖以粗安。游飞雪崖者谓为"太平有象,民物熙然",足征人民爱戴之殷。乃余玠本人即于辛亥后两年(宝祐元年癸丑)受谗被调,六月仰毒而死,史称"蜀之人莫不悲慕如失父母",盖有以也。

这两则南宋题壁,颇可宝贵,手中无《重庆府志》,不知道是否曾经著录,所谓"二冯"亦不知何许人。在乾隆初年做《飞雪崖赋》的翰林对此已不经意,大约是未经著录的吧。我很想把它们捶拓下来,但可惜没有这样的方便。再隔一些年辰,即使不被风雨剥蚀,也要被信男信女们刬除干净了。

在题壁下流连了好一会,同行的三十余人,士女长幼,都渡过了岸来,正想要踏寻归路了,兴致勃勃的应对我说:"下面不远还有一段很平静的水面,和这儿的情景完全不同。值得去看看。"

我几次来游都不曾往下游去过,这一新的劝诱,虽然两只脚有些反对的意思,结果是把它们镇压了。

沿着右岸再往下走,有时路径中断,向草间或番薯地段踏去,路随溪转,飞泉于瞬息之间已不可见。前面果然展开出一片极平静的水面,清洁可鉴,略泛涟漪,淡淡秋阳,爱抚其上。水中岩床有一尺见方的孔穴二十有八个,整齐排列,间隔尺余,直达对岸,盖旧时堰砌之废址。农人三五,点缀岸头,毫无惊扰地手把锄犁,从事耘植。

溪面复将曲折处,左右各控水碾一座,作业有声。水被堰截,河床裸出。践石而过,不湿步履。

一中年妇人，头蒙白花蓝布巾，手捧番薯一篮，由左岸的碾坊中走出，踏阶而下，步至河心，就岩隙流渐洗刷番薯。见之颇动食兴。

——"早晓得有这样清静的地方，应该带些食物来在这儿'辟克涅克'①了。"

我正对着并肩而行的应这样说。高原已走近妇人身边，似曾略作数语，一个洗干净了的番薯，慷慨地被授予在了她的手中。高原断发垂肩，下着阴丹布工装裤，上着白色绒线短衣，两相对照，颇似画图。

过溪，走进了左岸的碾坊。由石阶而上，穿过一层楼房，再由石阶而下便到了水磨所在的地方。碾的是麦面。下面的水伞和上面的磨石都运转得相当纤徐。有一位朋友说：这水力怕只有一个马力。

立着看了一会，又由原道折回右岸。是应该赶回土主场吃中饭的时候了，但大家都不免有些依依的留恋。

——"两岸的树木可惜太少。"

——"地方也太偏僻了。"

——"假使再和陪都接近得一点，更加些人工的培植，那一定是大有可观的。"

——"四年前政治部有一位秘书，山东人姓高的，平生最喜欢屈原，就在五月端午那一天，在飞雪岩下淹死了。"

---

① 英文 Picnic，野餐之意。

——"那真是'山东屈原'啦！"

大家轰笑了起来：因为同行中有山东诗人臧云远，平时是被朋侪间戏称为"山东屈原"的。

——"这儿比歇马场的飞泉如何？"

——"水量不敌，下游远胜。"

一片的笑语声在飞泉的伴奏中唱和着。

路由田畴中经过，荞麦正开着花，青豆时见残株，农人们多在收获番薯。

皛皛的秋阳使全身的脉络都透着新鲜的暖意了。

1942年10月25日夜

附：补记

《巴县志》（民国二十八年向楚新修），关于飞雪崖已有比较详细的记录，今一一揭之如次。

一、《飞雪崖石壁文》（卷二十《金石》）

"里中民毛安节，李沂，冉星○，○舒史，丁东耶，同游者何肃，异其形势凛然，故更其名为飞雪崖（原误为岂）○○○○而不可得。崖函数百丈，飞溅○○，'题'识岁月，可谓阙无。因是（原误为之）沂○欲○○○滩之曲水流觞，前人之好事者○○○游之后人不忘再世之旧，相○○○高宿名英，邑乡之俊彦，皆先○交云后人林相有送于栖真洞，回州，以西南夷侵边故也。冯晋粹父自霜台移节'西〇'。"

淳熙八年正月二十七日录。

"（上缺）李沂欲相大书〇〇〇而沂深刻之，亦可谓好事也。"

"飞雪崖自二冯而后未有名胜之游。蜀难以来，罕修禊事之典。大帅余公镇蜀之九年，岁淳祐辛亥，太平有象，民物熙然。灯前三日，何东叔、季和、侯彦正，会亲朋，集少长而游其下。酒酣纵笔，磨崖大书，以识岁月。时何明甫、原履、君惠、老〇正〇杰，侯安道，征官鱼梁剂智叔，酒官古汾何君玉，同游。何祥麟时老，侯坤文侍行。"

（原注）"按《王志》古迹载淳熙八年状元冯时行纪游，里人李沂为之刻壁，日久残蚀，清李为栋有赋，叙云'崖去渝城六十里，相传太白、东坡皆题诗崖间，风雨残蚀，泯然无存'互见《水道》。今据《王志》录淳熙淳祐碑文。"

二、《梁滩河》（卷一《下水道溪流》）

"县西梁滩河为东西两山冈之一大干流……迤西流数里至土主乡，达王家坝，又折而北，趋至圆塘高滩桥。……水势浸壮大。穿高滩桥出，约半里许，至飞雪崖。《王志》载崖在梁滩坝高滩桥下石涧断截，河水陡泻数十丈，望若飞雪，相信太白、东坡皆题诗崖间，风雨残蚀，泯然无存。"

三、《流杯池》（卷三《古迹》）

"《王志》云：在飞雪崖上，溪中有平石丈余。宋淳熙间状元冯时行修层阁于崖畔，复子溪上凿九曲池，引水流觞，以资胜赏。明大学士王飞熊、巡按詹朝用等，重游于此，复识流风。今阁圮，池犹存。"

据此可知赖家桥下之小河实为梁滩河。淳祐刻石中所谓"二冯"即冯时行与冯晋（粹甫）也。

时行在志中有传，乃宣和六年（一一二四）进士，授外职。后因不附秦桧和议被敕免官，"坐废者十八年"。于绍兴二十七年复被起用，后"擢右朝请大夫，提点成都府路刑狱。经划边事，井井有条，……民庆更生。隆兴元年（一一六三年）卒于任。民立祠祀之（祠在雅州，古城）。"

今案隆兴元年下距淳熙八年（一一八一）已十有八年，《向志》中两引《王志》（案乃前清乾隆年间王尔鉴所修旧志），称"淳熙八年状元冯时行纪游"，"宋淳熙间状元冯时行修层阁……凿九曲池"云云，实为失考。

淳熙刻石所标志之"淳熙八年"，应为李沂录刻之年月，文当为时行纪游文，细绎之，燕游在前而补刻在后。二冯之游当在时行"坐废者十八年"之里居期间，即宋高宗绍兴十年至二十七年之期间。九曲池似尚为"前人之好事者"所凿，并非成于二冯手。

1942 年 12 月 13 日

在梅兰芳同志长眠榻畔的一刹那

今年 5 月 31 日晚上,你和你所领导的剧团,在西郊中关村为中国科学家们作过一次演出——《穆桂英挂帅》。

你把穆桂英真正演活了,大家都为你的高度优美的艺术风格而感到鼓舞,感到忘我的虔诚,感到陶醉。

中关村科学院的礼堂实在太小了,但有你在台上演出,使那小小的礼堂成为无限大的宇宙。

在那儿真是充满了光辉,充满了愉乐,充满了肃静,充满了自豪,充满了生命,充满了美。

真的,我们的民族有了你这个儿子,我们的党有了你这个儿子,难道不足以使人们自豪吗?不足以使人们高度地自豪吗?

中国的科学家们都在感谢你,都在衷心地感谢你,你虽然只替他们专程演出了一次,但那是永远的一次。

"我不挂帅,谁挂帅?我不领兵,谁领兵?"这是冲破原子核的回旋加速器,使人们发生着责任感的连锁反应。

是那一次,就是那一次,当我们上舞台向你和剧团的同志们谢幕时,你最后挽着我,让我和你并肩照了一张相。

这是使我多么感到荣耀呀!你的左手紧紧握着我的右手,握得那么紧,让我深深感受到了穆桂英的精神。

鲁迅与王国维

在近代学人中我最钦佩的是鲁迅与王国维。但我很抱歉,在两位先生生前我都不曾见过面,在他们的死后,我才认识了他们的卓越贡献。毫无疑问,我是一位后知后觉的人。

我第一次接触鲁迅先生的著作是在一九二〇年《时事新报·学灯》的《双十节增刊》上。文艺栏里面收了四篇东西,第一篇是周作人译的日本小说,作者和作品的题目都不记得了。第二篇是鲁迅的《头发的故事》。第三篇是我的《棠棣之花》(第一幕)。第四篇是沈雁冰(那时候雁冰先生还没有用茅盾的笔名)译的爱尔兰作家的独幕剧。《头发的故事》给予我的铭感很深。那时候我是日本九州帝国大学的医科二年生,我还不知道鲁迅是谁,我只是为作品抱了不平。为什么好的创作反屈居在日本小说的译文的次位去了?那时候编《学灯》栏的是李石岑,我为此曾写信给他,说创作是处女,应该尊重,翻译是媒婆,应该客气一点。这信在他所主编的《民铎杂志》发表了。我却没有料到,这几句话反而惹起了鲁迅先生和其他朋友们的不愉快,屡次被引用来作为我乃至创造社同人们貌视翻译的罪状。其实我写那封信的时候，创造社根本还没有成形的。

有好些文坛上的纠纷，大体上就是由这些小小的误会引起来了。但我自己也委实傲慢，我对于鲁迅的作品一向很少阅读。记得《呐喊》初出版时，我只读了三分之一的光景便搁置了。一直到鲁迅死后，那时我还在日本亡命，才由友人的帮助，把所能搜集到的单行本，搜集了来饱读了一遍。像《中国小说史略》一书，我只读过增田涉的日译本，一直到现在还没有读过原文。自己实在有点后悔，不该增上傲慢，和这样一位值得请教的大师，在生前竟失掉了见面的机会。

事实上我们是有过一次可以见面的机会的。那是在大革命失败后的一九二七年年底，鲁迅已经辞卸广州中山大学教务主任回到了上海，我也从汕头、香港逃回到上海来了。在这时，经由郑伯奇、蒋光慈诸兄的中介曾经酝酿过一次切实的合作。我们打算恢复《创造周报》，适应着当时的革命挫折期，想以青年为对象，培植并维系着青年们的革命信仰。我们邀请鲁迅合作，竟获得了同意，并曾经在报上登出过《周报》复刊的广告。鲁迅先生列第一名，我以麦克昂的假名列在第二，其次是仿吾、光慈、伯奇诸人。那时本来可以和鲁迅见面的，但因为我是失掉了自由的人，怕惹出意外的牵累，不免有些踌躇。而正在我这踌躇的时候，后期创造社的几位朋友回国了，他们以新进气锐的姿态加入阵线，首先便不同意我那种"退婴"的办法，认为《创造周报》的使命已经过去了，没有恢复的必要，要重新另起炉灶。结果我退让了。接着又生了一场大病，几乎死掉。病后我亡命到日本，创造社的事情以后我就没有积极过问了。和鲁迅的合作，就这样不仅半途而废，而且不幸的是更引起了猛烈的论战，几乎弄得来不可收拾。这些往事，我今天来重提，只是表明我自己的遗憾。我与鲁迅的见面，真真可以说是失诸交臂。

关于王国维的著作，我在一九二一年的夏天，读过他的《宋元戏曲史》。那是商务印书馆出版的一种小本子。我那时住在泰东书局的编辑所里面，为了换取食宿费，答应了书局的要求，着手编印《西厢》。就因为有这样的必要，我参考过《宋元戏曲史》。读后，认为是有价值的一部好书。但我也并没有更进一步去追求王国维的其他著作，甚至王国维究竟是什么人，我也没有十分过问。那时候王国维在担任哈同办的仓圣明智大学的教授，大约他就住在哈同花园里面的吧。而我自己在哈同路的民厚南里也住过一些时间，可以说居处近在咫尺。但这些都是后来才知道的。假使当年我知道了王国维在担任那个大学的教授，说不定我从心里便把他鄙弃了。我住在民厚南里的时候，哈同花园的本身在我便是一个憎恨。连那什么"仓圣明智"等字样只觉得是可以令人作呕的狗粪上的霉菌。

真正认识了王国维，也是在我亡命日本的时候。那是一九二八年的下半年，我已经开始作中国古代社会的研究，和甲骨文、金文发生了接触。就在这时候，我在东京的一个私人图书馆东洋文库里面，才读到了《观堂集林》，王国维自己编订的第一个全集（《王国维全集》一共有三种）。他在史学上的划时代的成就使我震惊了。然而这已经是王国维去世后一年多的事。

　　这两位大师，鲁迅和王国维，在生前都有可能见面的机会，而我没有见到，而在死后却同样以他们的遗著吸引了我的几乎全部的注意。就因为这样，我每每总要把他们两位的名字和业绩联想起来。我时常这样作想：假使能够有人细心地把这两位大师作比较研究，考核他们的精神发展的路径，和成就上的异同，那应该不会是无益的工作。可惜我对于两位的生前都不曾接近，著作以外的生活态度，思想历程，及一切的客观环境，我都缺乏直接的亲炙。因此我对于这项工作虽然感觉兴趣，而要让我来做，却自认为甚不适当。六年前，在鲁迅逝世第四周年纪念会上，我在重庆曾经做过一次讲演，简单地把两位先生作过一番比较。我的意思是想引起更适当的人来从事研究，但六年以来，影响却依然是沉寂的。有一次许寿裳先生问过我，我那一次的讲演，究竟有没有底稿。可见许先生对于这事很注意。底稿我是没有的，我倒感觉着：假使让许先生来写这样的题目，那必然是更适当了。许先生是鲁迅的至友，关于鲁迅的一切知道得很详，而同王国维想来也必定相识，他们在北京城的学术氛围气里同处了五年，以许先生的学力和衡鉴必然更能够对王国维作正确的批判。但我不知道许先生自己有没有这样的兴趣。

首先我所感觉着的,是王国维和鲁迅相同的地方太多。王国维生于一八七七年,长鲁迅五岁,死于一九二七年,比鲁迅早死九年,他们可以说是正整同时代的人。王国维生于浙江海宁,鲁迅生于浙江绍兴,自然要算是同乡。他们两人幼年时家况都很不好。王国维经过上海的东文学社,以一九〇一年赴日本留学,进过东京的物理学校。鲁迅则经过南京的水师学堂,路矿学堂,以一九〇二年赴日本留学,进过东京的弘文学院,两年后又进过仙台的医学专门学校。王国维研究物理学只有一年,没有继续,而鲁迅研究医学也只有一年。两位都是受过相当严格的科学训练的。两位都喜欢文艺和哲学,而尤其有趣的是都曾醉心过尼采。这理由是容易说明的,因为在本世纪初期,尼采思想乃至德意志哲学,在日本学术界是磅礴着的。两位回国后都曾从事于教育工作。王国维以一九〇三年曾任南通师范学堂教习,讲授心理、伦理、哲学,一九〇四年转任苏州师范学堂教习,除心理、伦理、哲学之外,更曾担任过社会学的讲座。鲁迅则以一九〇九年担任浙江两级师范学堂的生理和化学的教员,第二年曾经短期担任过绍兴中学的教员兼监学,又第二年即辛亥革命的一九一一年,担任了绍兴师范学校的校长。就这样在同样担任过师范教育之后,更有趣的是,复同样进了教育部,参加了教育行政工作。王国维是以一九〇六年在当时的学部(即后来的教育部)总务司行走,其后改充京师图书馆的编译,旋复充任名词馆的协调。都是属于学部的,任职至辛亥革命而止。鲁迅则以一九一二年任南京临时政府教育部的部员,初任社会教育司第一科科长,后迁北京,又改为佥事,任职直至一九二六年。而到晚年来,又同样从事大学教育,王国维担任过北京大学的通信导师,清华大学研究院教授,鲁迅则担任过北大、北京师大、北京女子师大、厦门大学、中山大学等的讲师或教授。

两位的履历,就这样,相似到实在可以令人惊异的地步。而两位的思想历程和治学的方法及态度,也差不多有同样令人惊异地相似。他们两位都处在新旧交替的时代,对于旧学都在幼年已经储备了相当的积蓄,而又同受了相当严格的科学训练。他们想要成为物理学家或医学家的志望虽然没有达到,但他们用科学的方法来回治旧学或创作,却同样获得了辉煌的成就。王国维的《宋元戏曲史》和鲁迅的《中国小说史略》,毫无疑问,是中国文艺史研究上的双璧。不仅是拓荒的工作,前无古人,而且是权威的成就,一直领导着百万的后学。王国维的力量后来多多用在史学研究方面去了,他的甲骨文字的研究,殷周金文的研究,汉晋竹简和封泥等的研究,是划时代的工作。西北地理和蒙古史料的研究也有些惊人的成绩。鲁迅对于先秦古物虽然不大致力,而对于秦以后的金石铭刻,尤其北朝的造像与隋唐的墓志等,听说都有丰富的搜罗,但可惜关于这方面的成绩,我们在《全集》中不能够见到。大抵两位在研究国故上,除运用科学方法之外,都同样承继了清代乾嘉学派的遗烈。他们爱搜罗古物,辑录逸书,校订典集,严格地遵守着实事求是的态度。鲁迅的力量则多多用在文艺创作方面,在这方面的伟大的成就差不多掩盖了他的学术研究方面的业绩,一般人所了解的鲁迅大抵是这一方面。就和王国维是新史学的开山一样,鲁迅是新文艺的开山。但王国维初年也同样是对于文学感觉兴趣的人。他曾经介绍过歌德的《浮士德》,根据叔本华的美学思想写过《红楼梦评论》,尽力赞美元曲,而在词曲的意境中提倡"不隔"的理论("不隔"是直观自然,不假修饰)。自己对于诗词的写作,尤其词,很有自信,而且曾经有过这样的志愿,想写戏曲。据这些看来,三十岁以前,王国维分明是一位文学家。假如这个志趣不中断,照着他的理论和素养发展下去,他在文学上的建树必然更有可观,而且说不定也能打破旧有的窠臼,而成为新时代的一位前驱者的。

两位都富于理性,养成了科学的头脑,这很容易得到公认。但他们的生活也并不偏枯,他们是厚于感情,而特别是笃于友谊的。和王国维"相识将近三十年"的殷南先生所写的《我所知道的王静安先生》里面有这样的一节话:"他平生的交游很少,而且沉默寡言,见了不甚相熟的朋友是不愿意多说话的,所以有许多的人都以为他是个孤僻冷酷的人。但是其实不然,他对于熟人很爱谈天,不但是谈学问,尤其爱谈国内外的时事。他对于质疑问难的人是知无不言,言无不尽。偶尔遇到辩难的时候,他也不坚持他的主观的见解,有时也可以抛弃他的主张。真不失真正学者的态度。"(见述学社《国学月报·王静安先生专号》,一九二七年十月三十一日出版。)

这样的态度，据我从鲁迅的亲近者所得来的认识，似乎和鲁迅的态度也很类似。据说鲁迅对于不甚相熟的朋友也不愿意多说话，因此有好些人也似乎以为鲁迅是一位孤僻冷酷的人。但他对于熟人或质疑问难的人，却一样是知无不言，言无不尽的。两位都获得了许多青年的爱戴，即此也可以证明，他们的性格是博爱容众的。

但在这相同的种种迹象之外，却有不能混淆的断然不同的大节所在之处。那便是鲁迅随着时代的进展而进展，并且领导了时代的前进；而王国维却中止在了一个阶段上，竟成为了时代的牺牲。王国维很不幸地早生了几年，做了几年清朝的官；到了一九二三年更不幸地受了废帝溥仪的征召，任清宫南书房行走，食五品俸。这样的一个菲薄的蜘蛛网，却把他紧紧套着了。在一九二七年的夏间，国民革命军在河南打败了张作霖，一部分人正在兴高采烈的时候，而他却在六月二日（农历五月三日）跳进颐和园的湖水里面淹死了。在表面上看来，他的一生好像很眷念着旧朝，入了民国之后虽然已经十六年，而他始终不曾剪去发辫，俨然以清室遗臣自居。这是和鲁迅迥然不同的地方，而且也是一件很稀奇的事。他是很有科学头脑的人，做学问是实事求是，丝毫不为成见所囿，并且异常胆大，能发前人所未能发，言腐儒所不敢言，而独于在这生活实践上却呈出了极大的矛盾。清朝的遗老们在王国维死了之后，曾谥之为忠悫公，这谥号与其说在尊敬他，无宁是在骂他。忠而悫，不是骂他是愚忠吗？真正受了清朝的深恩厚泽的大遗老们，在清朝灭亡时不曾有人死节，就连身居太师太傅之职的徐世昌，后来不是都做过民国的总统吗？而一个小小的亡国后的五品官，到了民国十六年却还要"殉节"，不真是愚而不可救吗？遗老们在下意识中实在流露了对于他的嘲悯。不过问题有点蹊跷，知道底里的人能够为王国维辩白。据说他并不是忠于前朝，而是别有死因的。他临死前写好了的遗书，重要的几句是"五十之年，只欠一死，经此世变，义无再辱"。没有一字一句提到了前朝或者逊帝来。这样要说他是"殉节"，实在是有点说不过去。况且当时时局即使危迫，而逊帝溥仪还安然无恙。他假如真是一位愚忠，也应该等溥仪有了三长两短之后，再来死难不迟。他为什么要那样着急？所以他的自杀，我倒也同意不能把它作为"殉节"看待。据说他的死，实际上是受了罗振玉的逼迫。详细的情形虽然不十分知道，大体的经过是这样的。罗在天津开书店，王氏之子参预其事，大折其本。罗竟大不满于王，王之媳乃罗之女，竟因而大归。这很伤了王国维的情谊，所以逼得他竟走上了自杀的路。前举殷南先生的文字里面也有这样的话："偏偏去年秋天，既有长子之丧，又遭挚友之绝，愤世嫉俗，而有今日之自杀。"所谓"挚友之绝"，所指的应该就是这件事。伪君子罗振玉，后来出仕伪满，可以说已经沦为了真小人，我们今天丝毫也没有替他隐讳的必要了。我很希望深知王国维的身世的人，把这一段隐事更详细地表露出来，替王国维洗冤，并彰明罗振玉的罪恶。

但我在这儿，主要的目的是想提说一项重要的关系，就是朋友或者师友。这项关系在古时也很知道重视，把它作为五伦之一，而在今天看来，它的重要性更是有增无已了。这也就是一种重要的社会关系，在一个人的成就上，是一个极其重要的因数。王国维和鲁迅的主要不同处，差不多就判别在他们所有的这个朋友关系上面。王国维之所以划然止步，甚至遭到牺牲，主要的也就是朋友害了他。而鲁迅之所以始终前进，一直在时代的前头，未始也不是得到了朋友的帮助。且让我更就两位的这一项关系来叙述一下吧。

罗振玉对于王国维的一生是关系最密切的一个人，王国维受了他不少的帮助是事实，然而也受了他不少的束缚更是难移的铁案。王国维少年时代是很贫寒的。二十二岁时到上海入东文学社的时候，是半工半读的性质，在那个时候为罗振玉所赏识，便一直受到了他的帮助。后来他们两个人差不多始终没有分离过。罗振玉办《农学报》，办《教育世界》，都靠着王国维帮忙，王国维进学部做官也是出于罗的引荐。辛亥革命以后，罗到日本亡命，王也跟着他。罗是一位蒐藏家，所藏的古器物、拓本、书籍，甚为丰富。在亡命生活中，让王得到了静心研究的机会，于是便规范了三十以后的学术的成就。王对于罗似乎始终是感恩怀德的。他为了要报答他，竟不惜把自己的精心研究都奉献了给罗，而使罗坐享盛名。例如《殷虚书契考释》一书，实际上是王的著作，而署的却是罗振玉的名字。这本是学界周知的秘密。单只这一事也足证罗之卑劣无耻,而王是怎样的克己无私,报人以德了。同样的事情尚有《戬寿堂所藏殷虚文字》和《重辑仓颉篇》等书,都本是王所编次的,而书上却署的是姬觉弥的名字。这也和鲁迅辑成的《会稽郡故书杂集》,而用乃弟周作人名字印行的相仿佛。就因为这样的关系,王更得与一批遗老或准遗老沈曾植、柯绍忞之伦相识,更因缘而被征召入清宫,一层层封建的网便把王封锁着了。厚于情谊的王国维不能自拔,便逐渐逐渐地被强迫成为了一位"遗臣"。我想他自己不一定是心甘情愿的。罗振玉是一位极端的伪君子,他以假古董骗日本人的钱,日本人类能言之。他的自充遗老,其实也是一片虚伪,聊借此以沽誉钓名而已。王国维的一生受了这样一位伪君子的束缚,实在是莫大的遗憾。假使王国维初年所遇到的不是这样一位落伍的虚伪者,又或者这位虚伪者比王国维早死若干年,王的晚年或许不会落到那样悲剧的结局吧。王的自杀,无疑是学术界的一个损失。

鲁迅的朋友关系便幸运得多。鲁迅在留学日本的期中便师事过章太炎。章太炎的晚年虽然不一定为鲁迅所悦服,但早年的革命精神和治学态度,无疑是给了鲁迅以深厚的影响的。在章太炎之外,影响到鲁迅生活颇深的人应该推数蔡元培吧?这位有名的自由主义者,对于中国的文化教育界的贡献相当大,而他对于鲁迅始终是刮目相看的。鲁迅的进教育部乃至进入北京教育界都是由于蔡元培的援引。一直到鲁迅的病殁,蔡元培是尽了没世不渝的友谊的。蔡、鲁之间的关系,在我看来差不多有点像罗、王之间的关系。或许不正确吧?然而他们相互间的影响却恰恰相反。鲁迅此外的朋友,年辈相同的如许寿裳、钱玄同,年轻一些的如瞿秋白、茅盾,以及成为了终生伴侣的许广平,这些先生们在接受了鲁迅的影响之一面,应该对于鲁迅也发生了回报的影响。就连有一个时期曾经和鲁迅笔战过的后期创造社的几位朋友,鲁迅也明明说过是被他们逼着阅读了好些关于唯物辩证法的文艺理论的书籍的。我这样说,但请读者不要误会,以为我有意抹杀鲁迅的主观上的努力。我丝毫也没有那样的意思。我认为朋友的关系是相互的,这是一种社会关系,同时也就是一种阶级关系,我们固然谁也不能够脱离这种关系的影响,然而单靠这种关系,也不一定会收获到如愿的成就。例如岂明老人的环境和社会关系应该和鲁迅的是大同小异的吧,然而成就却相反。这也就足以证明主观努力是断然不能抹杀的了。

综上所述,王国维和鲁迅的精神发展过程,确实是有很多地方相同,然而在很关重要的地方也确实是有很大的相异。在大体上两位在幼年乃至少年时代都受过些封建社会的影响。他们从这里蜕变了出来,不可忽视地,两位都曾经经历过一段浪漫主义的时期。王国维喜欢德国浪漫派的哲学和文艺,鲁迅也喜欢尼采,尼采根本就是一位浪漫派。鲁迅的早年译著都浓厚地带着浪漫派的风味。这层我们不要忽略。经过了这个阶段之后,两位都走了写实主义的道路,虽然发展的方向各有不同,一位偏重于学术研究,一位偏重于文艺创作,然而方法和态度确是相同的。到这儿，两位所经历的是同样的过程，但从这儿以往便生出了悬隔。王国维停顿在旧写实主义的阶段上，受着重重束缚不能自拔，最后只好以死来解决自己的苦闷，事实上是成了苦闷的俘虏。鲁迅则从此骎骎日进了。他从旧写实主义突进到新现实主义的阶段，解脱了一切旧时代的桎梏，而认定了为人民大众服务的神圣任务。他扫荡了敌人，也扫荡了苦闷。虽然他是为肺结核的亢进而终止了战斗，事实上他是克服了死而大踏步地前进了。

就这样，对于王国维的死我们至今感觉着惋惜，而对于鲁迅的死我们却始终感觉着庄严。王国维好像还是一个伟大的未成品，而鲁迅则是一个伟大的完成。

我要再说一遍，两位都是我所钦佩的，他们的影响都会永垂不朽。在这儿我倒可以负责推荐，并补充一项两位完全相同的地方，那便是他们都有很好的《全集》传世。《王国维遗书全集》（商务版，其中包括《观堂集林》）和《鲁迅全集》这两部书，倒真是"虽与日月争光可也"的一对现代文化上的金字塔呵！

但我有点惶恐，我目前写着这篇小论时，两个《全集》都不在我的手边，而我仅凭着一本《国学月报》的《王静安先生专号》和许广平先生借给我的一份《鲁迅先生年谱》的校样；因此我只能写出这么一点白描式的轮廓，我是应该向读者告罪的。

再还有一点余波也让它在这儿摇曳一下吧。我听说两位都喜欢吸香烟,而且都是连珠炮式的吸法。两位也都患着肺结核,然而他们的精神却没有被这种痼疾所征服。特别是这后一项,对于不幸而患了同样病症的朋友,或许不失为一种精神上的安慰和鼓励吧。

1946 年 9 月 14 日

访沈园

一

绍兴的沈园,是南宋诗人陆游写《钗头凤》的地方。当年著名的林园,其中一部分已经辟为"陆游纪念室"。

《钗头凤》的故事,是陆游生活中的悲剧。他在二十岁时曾经和他的表妹唐琬(蕙仙)结婚,伉俪甚笃。但不幸唐琬为陆母所不喜,二人被迫离析。

十余年后,唐琬已改嫁赵家,陆游也已另娶王氏。一日,陆游往游沈园,无心之间与唐琬及其后夫赵士程相遇。陆既未忘前盟,唐亦心念旧欢。唐劝其后夫遣家童送陆酒肴以致意。陆不胜悲痛,因题《钗头凤》一词于壁。其词云:

红酥手,黄縢酒,满城春色宫墙柳。
东风恶,欢情薄,
一怀愁绪,几年离索。
错,错,错。

春如旧，人空瘦，泪痕红浥鲛绡透。
桃花落，闲池阁，
山盟虽在，锦书难托。
莫，莫，莫。

这词为唐琬所见，她还有和词，有"病魂常似秋千索"，"怕人寻问，咽泪装欢，瞒，瞒，瞒"等语。和词韵调不甚谐，或许是好事者所托。但唐终抑郁成病，至于夭折。我想，她的早死，赵士程是不能没有责任的。

四十年后，陆游已经七十五岁了。曾梦游沈园，更深沉地触动了他的隐痛。他又写了两首很哀婉的七绝，题目就叫《沈园》。

城上斜阳画角哀，沈园非复旧池台。
伤心桥下春波绿，曾是惊鸿照影来。
梦断香消四十年，沈园柳老不吹绵。
此身行作稽山土，犹吊遗踪一泫然。

这是《钗头凤》故事的全部，是很动人的一幕悲剧。

二

十月二十七日我到了绍兴，留宿了两夜。凡是应该参观的地方，大都去过了。二十九日，我要离开绍兴了。清早，争取时间，去访问了沈园。

在陆游生前已经是"非复旧池台"的沈园，今天更完全改变了面貌。我所看到的沈园是一片田圃。有一家旧了的平常院落，在左侧的门楣上挂着一个两尺多长的牌子，上面写着"陆游纪念室（沈园）"字样。

大门是开着的，我进去看了。里面似乎住着好几家人。只在不大的正中的厅堂上陈列着有关陆游的文物。有陆游浮雕像的拓本，有陆游著作的木版印本，有当年的沈园图，有近年在平江水库工地上发现的陆游第四子陆子坦夫妇的圹记，等等。我跑马观花地看了一遍，又连忙走出来了。

向导的同志告诉我："在田圃中有一个葫芦形的小池和一个大的方池是当年沈园的故物。"

我走到有些树木掩荫着的葫芦池边去看了一下，一池都是苔藻。池边有些高低不平的土堆，据说是当年的假山。大方池也远远望了一下，水量看来是丰富的，周围是稻田。

待我回转身时，一位中年妇人，看样子好像是中学教师，身材不高，手里拿着一本小书，向我走来。

她把书递给我，说："我就是沈家的后人，这本书送给你。"

我接过书来看时，是齐治平著的《陆游》，中华书局出版。我连忙向她致谢。

她又自我介绍地说："老母亲病了，我是从上海赶回来的。"

"令堂的病不严重吧？"我问了她。

"幸好，已经平复了。"

正在这样说着,斜对面从菜园地里又走来了一位青年,穿着黄色军装。赠书者为我介绍:"这是我的儿子,他是从南京赶回来的。"

我上前去和他握了手。想到同志们在招待处等我去吃早饭,吃了早饭便得赶快动身,因此我便匆匆忙忙地告了别。

这是我访问沈园时出乎意外的一段插话。

三

这段插话似乎颇有诗意。但它横在我的心中,老是使我不安。我走得太匆忙了,忘记问清楚那母子两人的姓名和住址。

我接受了别人的礼物,没有东西也没有办法来回答,就好像欠了一笔债的一样。

《陆游》这个小册子,在我的旅行箧里放着,我偶尔取出翻阅。一想到《钗头凤》的故事便使我不能不联想到我所遭遇的那段插话。我依照着《钗头凤》的调子,也酝酿了一首词来:

宫墙柳,今乌有,沈园蜕变怀诗叟。
秋风袅,晨光好,
满畦蔬菜,一池萍藻。
草,草,草。
沈家后,人情厚,《陆游》一册蒙相授。
来归宁,为亲病。

病情何似？医疗有庆。

幸，幸，幸。

的确，"满城春色宫墙柳"的景象是看不见了。但除"满畦蔬菜，一池萍藻"之外，我还看见了一些树木，特别是有两株新栽的杨柳。

陆游和唐琬是和封建社会搏斗过的人。他们的一生是悲剧，但他们是胜利者。封建社会在今天已经被和根推翻了，而他们的优美形象却永远活在人们的心里。

沈园变成了田圃，在今天看来，不是零落，而是蜕变。世界改造了，昨天的富室林园变成了今天的人民田圃。今天的"陆游纪念室"还只是细胞，明天的"陆游纪念室"会发展成为更美丽的池台——人民的池台。

陆游有知，如果他今天再到沈园来，他决不会伤心落泪，而是会引吭高歌的。他会看到桥下的"惊鸿照影"——那唐琬的影子，真像飞鸿一样，永远在高空中飞翔。

致宗白华（节选）

白华先生：

　　我想我们的诗只要是我们心中的诗意诗境的纯真的表现，命泉中流出来的Strain，心琴上弹出来的Melody，生的颤动，灵的喊叫。那便是真诗，好诗，便是我们人类的欢乐源泉，陶醉的美酿，慰安的天国。我每逢遇着这样的诗，无论是新体的或旧体的，今人的或古人的，我国的或外国的，我总恨不得连书带纸地把他吞了下去，我总恨不得连筋带骨地把他融了下去。我想你的诗一定是我们心中的诗境诗意的纯真的表现，一定是能使我融筋化骨的真诗，好诗；你何苦要那样地暴殄，要使他无形中消灭了去呢？你说："我们心中不可无诗意诗境，却不必定要做诗。"这个自然是不错的。只是我看你不免还有粘滞的地方。怎么说呢？我想诗这样东西似乎不是可以"做"得出来的。我想你的诗一定也不会是"做"了出来的。雪莱（Shelley）有句话说得好，他说：A man cannot say, I will compose poetry. 歌德（Goethe）也说过：他每逢诗兴来了的时候，便跑到书桌旁边，将就斜横着的纸，连摆正他的时候也没有，急忙从头至尾地矗立着便写下去。我看哥德这些经验正是显勒那句话的实证了。诗不是"做"出来的，只是"写"出来的。我想诗人的心境譬如一湾清澄的海水，没有风的时候，便静止着如像一张明镜，宇宙万汇的印象都涵映着在里面。一有风的时候，便要翻波涌浪起来，宇宙万汇的印象都活动着在里面。这风便是所谓直觉，灵感（Inspiration），这起了的波浪便是高涨着的情调。这活动着的印象便是徂徕着的想象。这些东西，我想来便是诗的本体，只要把他写了出来的时候，他就体相兼备。大波大浪的洪涛便成为"雄浑"的诗，便成为屈子的《离骚》、蔡文姬的《胡笳十八拍》、李杜的歌行、但丁（Dante）的《神曲》、弥尔栋（Milton）的《失乐园》、歌德的《弗司德》。小波小浪的涟漪便成为"冲淡"的诗，便成为周代的国风，王维的绝诗。日本古诗人西行上人与芭蕉翁的歌句，泰果尔的《新月》。这种诗的波澜，有他自然的周期，振幅（Rhythm），不容你写诗的人有一毫的造作，一刹那的犹豫，硬如哥德所说连摆正纸位的时间也都不许你有。说到此处，我想诗这样东西倒可以用个方式来表示他了：

诗 =（直觉 + 情调 + 想象）+（适当的文字）
　　　　　　Inhalt　　　　　　　Form

照这样看来，诗的内涵便生出人的问题与艺的问题来。

Inhalt 便是人的问题，Form 便是艺的问题。归根结底我还是佩服你教我的两句话。你教我："一方面多与自然和哲理接近，以养成完满高尚的'诗人人格'；一方面多研究古昔天才诗中的自然音节，自然形式，以完满'诗的构造'。"白华兄！你这两句话我真是铭肝刻骨的呢！你有这样好的见解，所以我相信你的诗一定是好诗，真诗。我很希望你以后"写"出了诗的时候，你千万不要再把他打消，也该发表出来安慰我们下子呀！

论郁达夫

我这篇小文不应该叫做"论",只因杂志的预告已经定名为"论",不好更改,但我是只想叙述我关于达夫的尽可能的追忆的。

我和郁达夫相交远在一九一四年。那时候我们都在日本,而且是同学、同班。

那时候的中国政府和日本有五校官费的协定,五校是东京第一高等学校,东京高等师范学校,东京高等工业学校,千叶医学校,山口高等商业学校。凡是考上了这五个学校的留学生都成为官费生。日本的高等学校等于我们今天的高中,它是大学的预备门。高等学校在当时有八座,东京的是第一座,在这儿有为中国留学生特设的一年预备班,一年修满之后便分发到八个高等学校去,和日本人同班,三年毕业,再进大学。我和达夫同学而且同班的,便是在东京一高的预备班的那一个时期。

日本高等学校的课程在当时分为三个部门,文哲经政等科为第一部,理工科为第二部,医学为第三部。预备班也是这样分部教授的，但因人数关系，一三两部是合班教授。达夫开始是一部，后来又转到我们三部来。分发之后，他是被配在名古屋的第八高等，我是冈山的第六高等，但他在高等学校肄业中，又回到一部去了。后来他是从东京帝国大学的政治经济学部毕业，我是由九州帝国大学医学部毕业的。

达夫很聪明，他的英文、德文都很好，中国文学的根底也很深，在预备班时代他已经会做一手很好的旧诗。我们感觉着他是一位才士。他也喜欢读欧美的文学书，特别是小说，在我们的朋友中没有谁比他更读得丰富的。

在高等学校和大学的期间，因为不同校，关于他的生活情形，我不十分清楚。我们的友谊重加亲密了起来的是在一九一八年以后。

一九一八年的下半年我已被分发到九州帝国大学，住在九州岛的福冈市。适逢第六高等学校的同学成仿吾，陪着他的一位同乡陈老先生到福冈治疗眼疾，我们同住过一个时期。我们在那时有了一个计划，打算邀集一些爱好文学的朋友来出一种同人杂志。当时被算在同人里面的便有东京帝大的郁达夫，东京高师的田汉，熊本五高的张资平，京都三高的郑伯奇等。这就是后来的创造社的胎动时期。创造社的实际形成还是在两年之后的。

那是一九二〇年的春天，成仿吾在东京帝国大学造兵科研究了三年，该毕业了，他懒得参加毕业考试，在四月一号要提前回国。我自己也因为听觉的缺陷，搞医学搞得不耐烦，也决心和仿吾同路。目的自然是想把我们的创造梦实现出来。那时候达夫曾经很感伤地写过信来给我送行，他规诫我回到上海去要不为流俗所污，而且不要忘记我抛别在海外的妻子。这信给我的铭感很深，许多人都以为达夫有点"颓唐"，其实是皮相的见解。记得是李初梨说过这样的话："达夫是模拟的颓唐派，本质的清教徒。"这话最能够表达了达夫的实际。

在创造社的初期达夫是起了很大的作用的。他的清新的笔调，在中国的枯槁的社会里面好像吹来了一股春风，立刻吹醒了当时的无数青年的心。他那大胆的自我暴露，对于深藏在千年万年的背甲里面的士大夫的虚伪，完全是一种暴风雨式的闪击，把一些假道学、假才子们震惊得至于狂怒了。为什么？就因为有这样露骨的直率，使他们感受着作假的困难。于是徐志摩"诗哲"们便开始痛骂了。他说：创造社的人就和街头的乞丐一样，故意在自己身上造些血脓糜烂的创伤来吸引过路人的同情。这主要就是在攻击达夫。

达夫在暴露自我这一方面虽然非常勇敢，但他在迎接外来的攻击上却非常脆弱。他的神经是太纤细了。在初期创造社他是受攻击的一个主要对象。他很感觉着孤独，有时甚至伤心。记得是一九二一年的夏天，我们在上海同住。有一天晚上我们同到四马路的泰东书局去，顺便问了一下在五月一号出版的《创造》季刊创刊号的销路怎样。书局经理很冷淡地答应我们："二千本书只销掉一千五。"我们那时共同生出了无限的伤感,立即由书局退出,在四马路上接连饮了三家酒店,在最后一家,酒瓶摆满了一个方桌。但也并没有醉到泥烂的程度。在月光下边,两人手牵着手走回哈同路的民厚南里。在那平滑如砥的静安寺路上,时有兜风汽车飞驰而过。达夫曾突然跑向街心,向着一辆飞来的汽车,以手指比成手枪的形式,大呼着,"我要枪毙你们这些资本家"!

当时在我,我是感觉着:"我们是孤竹君之二子。"

胡适攻击达夫的一次,使达夫最感着沉痛。那是因为达夫指责了余家菊的误译,胡适帮忙误译者对于我们放了一次冷箭。当时我们对于胡适倒并没有什么恶感。我们是"异军苍头突起",对于当时旧社会毫不妥协,而对于新起的不负责任的人们也不惜严厉的批评,我们万没有想到以"开路先锋"自命的胡适竟然出以最不公平的态度而向我们侧击。这事在胡适自己似乎也在后悔,他自认为轻易地树下了一批敌人。①但经他这一激刺,倒也值得感谢,使达夫产生了一篇名贵一时的历史小说,即以黄仲则为题材的《采石矶》。这篇东西的出现,使得那位轻敌的"开路先锋"也确切地感觉到自己的冒昧了。

胡适在启蒙时期有过些作用,我们并不否认。但因出名

---

① 作者原注:他后来曾经写过一封信来,向我缓和,似道歉而又非道歉的。

过早，而謄誉过隆，使得他生出了一种过分的自负心，这也是无可否认的实情。他在文献的考证上下过一些工夫，但要说到文学创作上来，他始终是门外汉。然而他的门户之见却是很森严的，他对创造社从来不曾有过好感。对于达夫，他们后来虽然也成为了"朋友"，但在我们第三者看来，也不像有过什么深切的友谊。

我在一九二〇年一度回到上海之后，感觉着自己的力薄，文学创作的时机并未成熟，便把达夫拉回来代替了我，而我又各自去搞医学去了。医学搞毕业是一九二三年春，回到上海和达夫、仿吾同住。仿吾是从湖南东下，达夫是从安庆的法政学校解了职回来。当时我们都是无业的人，集中在上海倒也热烈地干了一个时期。《创造》季刊之后，继以《创造周报》《创造日》，还出了些丛书，情形和两年前大不相同了。但生活却是窘到万分。

一九二三年秋天北大的陈豹隐教授要往苏联，有两小时的统计学打算请达夫去担任，名分是讲师。达夫困于生活也只得应允，便和我们分手到了北平。他到北平以后的交游不大清楚，但我相信"朋友"一定很多。然以达夫之才，在北平住了几年，却始终是一位讲师，足见得那些"朋友"对于他是怎样的重视了。

达夫的为人坦率到可以惊人，他被人利用也满不在乎，但事后不免也要发些牢骚。《创造周报》出了一年，当时销路很好，因为人手分散了，而我自己的意识已开始转换，不愿继续下去，达夫却把这让渡给别人作过一次桥梁，因而有所谓创造社和太平洋社合编的《现代评论》出现。但用达夫自己的话来说，他不过是被人用来点缀的"小丑"而已。

达夫一生可以说是不得志的一个人，在北大没有当到教授，后来（一九二四年初）同太平洋社的石瑛到武大去曾经担任过教授，但因别人的政治倾向不受欢迎而自己受了连累，不久又离开了武汉。这时候我往日本去跑了一趟又回到了上海来。上海有了"五卅"惨案发生，留在上海的创造社的小朋友们不甘寂寞，又搞起《洪水》半月刊来，达夫也写过一些文章。逐渐又见到创造社的复活。直到一九二六年三月我接受了广州大学文学院长的聘，又才邀约久在失业中的达夫和刚从法国回国的王独清同往广州。

达夫应该是有政治才能的，假如让他做外交官，我觉得很适当。但他没有得到这样的机会。他的缺点是身体太弱，似乎在二十几岁的时候便有了肺结核，这使他不能胜任艰巨。还有一个或许也是缺点，是他自谦的心理发展到自我作践的地步。爱喝酒，爱吸香烟，生活没有秩序，愈不得志愈想伪装颓唐，到后来志气也就日见消磨，遇着什么棘手的事情，便萌退志。这些怕是他有政治上的才能，而始终未能表现其活动力的主要原因吧。

到广州之后只有三个月工夫，我便参加了北伐。那时达夫回到北平去了，我的院长职务便只好交给王独清代理。假使达夫是在广州的话，我毫无疑问是要交给他的。这以后我一直在前方，广州的情形我不知道。达夫是怎样早离开了广州回到上海主持创造社，又怎样和朋友们生出意见闹到脱离创造社，详细的情形我都不知道。在他宣告脱离创造社以后，我们事实上是断绝了交往，他有时甚至骂过我是"官僚"。但我这个"官僚"没有好久便成了亡命客，我相信到后来达夫对于我是恢复了他的谅解的。

一九二八年二月到日本去亡命，这之后一年光景，创造社被封锁。亡命足足十年，达夫和我没有通过消息。在这期间的他的生活情形我也是不大清楚的。我只知道他和王映霞女士结了婚，创作似乎并不多，生活上似乎也不甚得意。记得有一次在日本报上看见过一段消息，说暨南大学打算聘达夫任教授，而为当时的教育部长王世杰[①]所批驳，认为达夫的生活浪漫，不足为人师。我感受着异常的惊讶。

就在卢沟桥事变前一年（一九三六年）的岁暮，达夫忽然到了日本东京，而且到我的寓所来访问。我们又把当年的友情完全恢复了。他那时候是在福建省政府做事情，是负了什么使命到东京的，我已经不记忆了。他那时也还有一股勃勃的雄心，打算到美国去游历。就因为他来，我还叨陪着和

---

① 作者原注：这人是太平洋社的一位头子，利用过达夫和创造社的招牌来办《现代评论》的。

东京的文人学士们周旋了几天。

次年的五月，达夫有电报给我，说当局有意召我回国，但以后也没有下文。七月卢沟桥事变爆发了，我得到大使馆方面的谅解和暗助，冒险回国。行前曾有电通知达夫，在七月十七日到上海的一天，达夫还从福建赶来，在码头上迎接着我。他那时对于当局的意态也不甚明了，而我也没有恢复政治生活的意思，因此我个人留在上海，达夫又回福建去了。

一九三八年，政治部在武汉成立，我又参加了工作。我推荐了达夫为设计委员，达夫挈眷来武汉。他这时是很积极的，曾经到过台儿庄和其他前线劳军。不幸的是他和王映霞发生了家庭纠葛，我们也居中调解过。达夫始终是挚爱着王映霞的，但他不知怎的，一举动起来便不免不顾前后，弄得王映霞十分难堪。这也是他的自卑心理在作祟吧？后来他们到过常德，又回到福州，再远赴南洋，何以终至于乖离，详细的情形我依然不知道。只是达夫把他们的纠纷做了一些诗词，发表在香港的某杂志上。那一些诗词有好些可以称为绝唱，但我们设身处地替王映霞作想，那实在是令人难堪的事。自我暴露，在达夫仿佛是成为一种病态了。别人是"家丑不可外扬"，而他偏偏要外扬，说不定还要发挥他的文学的想象力，构造出一些莫须有的"家丑"。公平地说，他实在是超越了限度。暴露自己是可以的，为什么要暴露自己的爱人？这爱人假使是旧式的无知的女性，或许可无问题，然而不是，故所以他的问题弄得来不可收拾了。

达夫到了南洋以后，他在星岛编报，许多青年在文学上受着他的熏陶，都很感激他。南太平洋战事发生后，新加坡沦陷，达夫的消息便失掉了。有的人说他已经牺牲，有的人说他依然健在，直到最近才得到确实可靠的消息，他已经不在人世了。

十天前，达夫的一位公子郁飞来访问我，他把沈兹九写给他的回信给我看，并抄了一份给我，他允许我把它公布出来。凡是达夫的朋友，都是关心着达夫的生死的，一代的文艺战士假使只落得一个惨淡的结局，谁也会感觉着悲愤的吧？

郁飞小朋友：

信早收到。因为才逃难回来，所以什么事情都得从头理起，忙得很，到今天才复你，你等得很着急了吧。

你爸爸是在日本人投降后一个星期才失踪的，到现在还没有回来，大约是凶多吉少了。关于你爸爸的事是这样：在新加坡沦陷前五天，我们一同离开新加坡到了苏门答腊附近小岛上，后来又溜进了苏门答腊。那时我们大家都改名换姓，化装了生意人，谁也不知道我们的来历。有一次你爸爸不小心，讲了几句日本话，就被日本宪兵来抓去，强迫他当翻译。他没有办法，用"赵廉"这个假名在苏岛宪兵部工作了六个月。

在这期间，他用尽方法掩护自己，同时帮忙华侨，所以他给当地华侨印象极好。他在逃难中间的生活很严肃。那时我们也在同一个地方，不过我们住的是乡下。他常常偷偷地来看我们，告诉我们日本人的种种暴行，所以他非常恨日本人。后来，他买通了一个医生，说有肺病不得不辞职，日本人才准了他。

一年半以后，新加坡来了一个汉奸，报告日本宪兵，说他在做国际间谍。当地华侨为这事被捕的很多，日本人想从华侨身上知道你爸爸是否真有间谍行为，结果谁也说没有，所以仍能平安无事。在这事发生以前，我们因为邵宗汉先生和王任叔伯伯在棉兰，要我们去，我们就去棉兰了。他和汪金丁先生和其他的朋友在乡间开了一间酒店，生意很好，就此维持生活。

直到日本人投降后，他想从此可以重见天日了，谁知一天夜里，有一个人来要求他帮忙一件事情，他就随便蹑了一双木屐从家里走出，就此一去不返。至于求诱他出去的人那是谁，现在还不清楚，大约总是日本人。我们为了这事从棉兰赶回苏，多方面打听，毫无结果。以后我们到了新加坡，又报告了英军当局，他们只说叫当地日本人去查（到现在，那里还是日军维持秩序），那会有呢？

问题是在此：日本降后，照例兵士都得回国，而宪兵是战犯，要在当地听人民控告的。人民控告时，要有人证物证，你爸爸是最好的人证，所以他们要害死他了。而他当时没有

—253

想到这一层，没有早早离开，反而想在当地做一番事业。

你不要哭，在这几年当中，你爸爸很勇敢，很坚决，这在你也很有荣誉的。况且人总有一死的呀，希望你努力用功！

再会。

你的大朋友沈兹九

看到这个"凶多吉少"的消息，达夫无疑是不在人世了。这也是生为中国人的一种凄惨，假使是在别的国家，不要说像达夫这样在文学史上不能磨灭的人物，就是普通一个公民，国家都要发动她的威力来清查一个水落石出的。我现在只好一个人在这儿作些安慰自己的狂想。假使达夫确实是遭受了苏门答腊的日本宪兵的屠杀，单只这一点我们就可以要求把日本的昭和天皇拿来上绞刑台！英国的加莱尔说过"英国宁肯失掉印度，不愿失掉莎士比亚"；我们今天失掉了郁达夫，我们应该要日本的全部法西斯头子偿命！……

实在的，在这几年中日本人所给予我们的损失，实在是太大了。但就我们所知道的范围内，在我们的朋辈中，怕应该以达夫的牺牲为最残酷的吧。达夫的母亲，在往年富春失守时，她不肯逃亡，便在故乡饿死了。达夫的胞兄郁华（曼陀）先生，名画家郁风的父亲，在上海为伪组织所暗杀。夫人王映霞离了婚，已经和别的先生结合。儿子呢？听说小的两个在家乡，大的一个郁飞是靠着父执的资助，前几天飞往上海去了。自己呢？准定是遭了毒手。这真真是不折不扣的"妻离子散，家破人亡"！达夫的遭遇为什么竟要有这样的酷烈！

我要哭，但我没有眼泪。我要控诉，向着谁呢？遍地都是圣贤豪杰，谁能了解这样不惜自我卑贱以身饲虎的人呢？不愿再多说话了。达夫，假使你真是死了，那也好，免得你看见这愈来愈神圣化了的世界，增加你的悲哀。

1946年3月6日

悼闻一多

十一日李公朴遭难,十五日闻一多遇害,同在昆明,同是领导民主运动的朋友,同遭美械凶徒的暗杀。这里毫无疑问是有组织有计划的白色恐怖的阴谋摆布。下手人看起来好像是疯狂了,但其实只是一二人在暗里发纵指使。那发纵指使者的一二人,像闻一多这样自由主义的学者,竟连同他的长公子一道,都要用卑劣无耻的政治暗杀的手段来谋害,不真是已经到了绝望的绝顶吗?

谁都知道,一多出身于清华大学,是受了美国式的教育的。当他在美国留学的期间,曾经写过很多有规律的新诗,他的成就远超过徐志摩的成就。他虽然和创造社发生过关系,他的诗集《红烛》是由我介绍给泰东书局出版,但他从不曾有过左倾的嫌疑。回国以后一直从事于大学教育,诗虽然不再写了,而关于卜辞、金文及先秦文献的研究,成了海内有数的专家。他所走的路,不期然地和我有些类似,但我们的相见,却只有两回。一回是在抗战初期的汉口，一回是在去年七月我赴苏联时所路过的昆明。没想出昆明一别便成了永别了。在先秦文献的研究上，一多的成绩是很惊人的。《楚辞校补》得过教育部的二等奖金，读过这部著作的人，谁个不惊叹他的方法的缜密，见解的新颖，收获的丰富，完全是王念孙父子再来！我所见到的，关于《庄子内篇》的校记及若干《诗经》的今译，也无不独具只眼，前无古人。他还有很多的腹稿待写，然而今天却是永远遗失了。这是多么严重的损失呀！

　　谁都知道，由于政治的不民主，中国招致了九年的外寇，弄得来几乎亡国。这是国内外所共同承认的事实。爱国的文人学者们不忍坐视国家的沦亡，同时更认识到国难的症结之所在，故起而要求民主，要求政治改变作风，这仅仅是最近两三年来的事。一多之参加了民主运动，也正是在这个潮流中有良心的学者的爱国行为，难道这就是犯了该死的罪吗？有一部分人的偏见，认为学者文人根本不应该过问政治。然而政治恶化到了今天，连学者文人都不能不起来过问了，这到底应该谁个负责？孙中山所拟议的国民代表大会，连学生都应该有代表参加的，谁个说学者文人们便不该过问政治？而且今天的学者文人们对于政治的要求，只是作为一个民国人民的最低限度的条件，我们要求民主，要求人民权利的保障，要求废弃独裁，废弃一党专政，难道这便形同不轨吗？

谁都知道靠着盟邦的协助，日本投降了，我们幸而免掉了亡国之痛。亡羊补牢，尚未为晚。我们正应该力改前非，及早废弃独裁，废弃一党专政，实行民主，从事建设，以图整个国家的现代化。这也正是我们人民今天普遍的要求，国内国外都是认为合理而且合法的，没有一丝一毫逾越了限度。然而有权责的人却充耳不闻，熟视无睹，不仅不依从人民的意愿，反而倒行逆施，变本加厉，在遍地灾荒、漫天贪墨、万民涂炭、百业破产的时候，却偏偏进行着大规模的内战。而镇压人民的反对，竟不惜采用最卑劣无耻的手段来诛锄异己。不用多说，李公朴和闻一多两位，都是在这样违背人民的反动机构之下遭受了暗杀的。今天我们看得很明显，凡是要求民主、要求人民权利的人便应该杀；凡是要求废弃独裁、要求废弃一党专政的便是罪人。有心肝的人们看，今天的中国究竟成了一个什么世界！是群众便遭美械师剿灭，是个人便遭美械特务暗杀，今天我们也有权利，请美国有心肝的人公平地看一看，看他们给予我们的援助方式，究竟是收到了怎样的效果！

　　枉然的，用恐怖政策来镇压人民。历史替我们证明，谁也没有成功过！恐怖不属于我们，恐怖是属于执行恐怖政策者的。人民今天已经到了死里求生的时候了，为民请命的李公朴和闻一多是从献身中得到了永生。李公朴遇难的时候，闻一多说：李公朴没有死。闻一多今天又遇难了，我也敢于说：闻一多没有死。死了的是那些失掉了人性、执行恐怖政策的一二人，他们是死了一个万劫不复的死！

          1946 年 7 月 17 日

罗曼·罗兰悼词

罗曼·罗兰先生，你是一位人生的成功者，你现在虽然休息了，可你是永远存在着的。你不仅是法兰西民族的夸耀，欧罗巴的夸耀，而是全世界、全人类的夸耀。你的一生，在精神生产上的多方面的努力，对于人类的贡献非常的宏大，人类是会永远纪念着你的。你将和历史上各个民族各个时代的伟大的灵魂们，像太空中的星群一样，永远在我们人类的头上照耀。

罗曼·罗兰先生，在二十年前你的杰作《约翰·克里斯朵夫》初次介绍到中国来的时候，你曾经向我们中国作家说过这样的话："我不认识欧洲和亚洲，我只知道世界上有两种民族——一种是上升，一种是下降。上升的民族是忍耐、热烈、恒久而勇敢地趋向光明的人们——趋向一切的光明：学问、美、人类爱、公众进步；而在另一方面的下降的民族是压迫的势力。是黑暗、愚昧、懒惰、迷信和野蛮。"你说，只有上升的民族是你的朋友，你的同志，你的弟兄。你说，你的祖国是自由的人类。这些话对于我们中国的文艺工作者是给予了多么正确的指示，多么有力地鼓励呀！

在今天的世界，正是这两种民族斗争着生死存亡的时候。你所说的上升的民族就是我们代表正义、人道的民主阵线，你所说的下降的民族就是构成轴心势力的法西斯蒂。一边是赴汤蹈火，视死如归，牺牲自己的一切以解救人类的困厄；另一边是奴役、饥饿、活埋、杀人工场、毒气车、庞大的集中营，一个鬼哭狼号的活地狱。但今天，上升的不断地上升，下降的不断地下降，光明终竟快要把黑暗征服了。我们要使全人类都不断地上升，全世界成为自由人类的共同祖国。

罗曼·罗兰先生，你伟大的法兰西民族的儿子，当你看到法兰西民族又恢复了她的光荣的自由，而你自己在这时候终结了你七十九年的人生旅程，在你那肃穆的容颜上，怕必然表露出了一抹更加肃穆的微笑的吧！但当你想到你的朋友，你的同志，你的兄弟的好些民族，依然还呻吟在法西斯蒂的控制下边没有得到自由，在和死亡、饥饿、奴役、恐怖作决死的斗争，在你那肃穆的容颜上，怕也必然表露出了一抹更加肃穆的悲愤的吧！

但是，罗曼·罗兰先生，伟大的人类爱的使徒，你请安息吧。上升的要不断地自求上升，下降的要不断地使它下降，我们要以一切为了人类解放而英勇地战斗着的民族为模范，我们要不避任何的艰险，尽力趋向一切的光明。不避任何的艰险，尽力和黑暗、愚昧、残忍、凶暴的压迫势力、法西斯蒂、现世界的魔鬼，搏斗！我们中国是绝对不会灭亡的，人类是必然要得到解放的,法西斯魔鬼们是必然要消灭的!

  罗曼·罗兰先生,你请安息吧。我们中国的文艺工作者们,更一定要以你为模范。要像你一样,把"背后的桥梁"完全斩断,不断地前进,决不回头;要像你一样,始终走着民主的大道,把自己的根须深深插进黑土里面去,从人民大众吸收充分的营养,再从黑土里面生长出来。我们一定要依照你的宝贵指示:"每天早上,我们都得把新的工作担当起来,把前一天开始的斗争继续下去。……对于错误,对于不公正,对于死,我们必须不断地力争,为着更大的更大的胜利。"

1945 年 3 月 21 日

痛失人师

自从我认识陶行知以来，我心里隐隐怀着一个疑团。我总觉得陶先生的脸色不大正常，是一种不很健康的表征。但我不曾听见他说过有什么病。到他昨天因脑溢血而突然去世，我才知道他有血压过高的宿症，我的八九年来的疑团也就冰释了。

知道了他有这样的病，更增加了我对于他的敬仰。他向来没有把这样的苦痛告诉过人，而且根本没有把这种苦痛放在眼里，他一直是忍受着这种苦痛，以献身的精神从事着他的事业的。血压高的人，容易兴奋或冲动，但他却丝毫没有那样的倾向。他处事接物，诚恳和易，十分耐烦；说话做文也蕴藉幽默，没有什么火气。这些可以证明，他的修养工夫确实是做到了忘我的地步。

我和他最后一次的见面是二十三日的晚上，他和好些朋友在我寓里谈了很久的话。八点钟，我们又同赴一位朋友的邀宴，在十点钟左右我们便分手了。他那时丝毫也没有呈现出什么异状。在分手时，我还半开玩笑地请他保重身体，"你是黑榜状元，应该留意呢"，我这样对他说。"不是状元是探花，是黑榜探花。你也准定榜上有名的"，他也半开玩笑地这样回答了。我现在想起来，这"黑榜探花"倒成了事实了，他恰巧是李公朴、闻一多遇刺以来为民主而死的第三名。迟李公朴十五天，迟闻一多十一天，而都同在这七月里面。真真是多事的七月，可诅咒的七月！

古人说："经师易遇，人师难逢。"这话在今天尤其感觉真切。有学问知识的人比较容易找，而有人格修养的人实在是如像凤毛麟角。陶先生就是这凤毛麟角当中的一位出色者，而今天他忽然倒下去了。尽管说陶先生精神不死，但一个人在和一个人不在，究竟是两样。而何况像陶先生那样的人和他那样的工作，实在是不容易找到替手的。我愿和千千万万的受了陶行知的熏陶的年青朋友们同声一哭。

1946 年 7 月 26 日

亦石真正死了吗？

一

钱亦石是死于病，死于伤寒与赤痢，但他事实上是死于战阵，死于国事。

亦石的病是参加战地工作而得的，假使不参加战地工作不至于得那样的病，即使得了那样的病也能早期适当治疗，不至于便死。

想到这层，我对于亦石的死，比起别的朋友来，更有一番沉痛的感觉。因为亦石的挺身参加战地工作是由于我的介绍。

我这样的人为什么不死，而偏偏要死亦石呢？

二

我认识亦石是在北伐战役，革命军打到武昌城下的时候。

那时候他在担任国民党湖北省党部的重要工作，我们在武昌城下的南湖文科大学第一次见面，共同在一个地方工作了几天。他帮了政治部不少的忙，政治部也帮了省党部不少的忙。

在那时的武汉政府时代，我们接触的机会很多，然而在私谊上却很少接触。

我们在私谊上增加了亲密，是共同在日本亡命的时候。

一九二八年的初头，我们有一段短短的时间同住在日本东京，他很关心我，认为日本危险，不宜久居，要我离开。然而他很顺畅地离开了日本，而我却没有办到。

三

他从日本到苏联，在事前是告诉过我的。

他到了海参崴曾经写过信给我。

他到了莫斯科也曾经写过信给我。

他始终关心着我在日本的安否。

他从苏联回国，第二次又游历日本的时候，也冒着被宪兵和刑士注意的危险，到我住的地方来访问过我好几次。

他总是关心着我的生活，关心着我的安全。

那恳切的友情，现在想起来，都使我的眼睛要生出湿意。

四

卢沟桥事变发生了，我回到中国来了。

我们第一次见面时，曾经热烈地拥抱过。

张发奎当时在担任浦东的防卫，感觉军队政治工作的必要，要我设法帮他组织政工队，我应允了他。而这政工队的组织，我认为非亦石负责不可，待我向他提出时，他也就应允了。

就这样在淞沪抗战的最高潮中，上海的一群爱国的文化人士便在亦石的领导之下参加了战地工作。

亦石所领导的政工队，是抗战发生以来的第一队，也是政治部复活的第一声。

然而亦石却为这工作的艰苦而得病而牺牲了！亦石也就成为了为抗战而牺牲的文化人中的第一人。

五

亦石之死，实在是国家的一大损失。

别的且不说，单就他对国际问题的研究，他的知识的渊博，见解的精当，实在是侪辈中的白眉。

数年以来，国际变化波谲云诡，俨然像在拨弄着一切的所谓国际问题专家。

每逢一次问题发生，令人首先想起的便是，假使亦石不死呀！

然而亦石死了！为什么像我这样的人不死，而偏偏要死亦石呢？

然而亦石是真正死了吗？

1942年1月24日

悼江村

夜半，由一个茶话会上回家，立群告诉我：江村死了。他的墓碑，刚才有朋友来要我写。

夜是更加岑寂了。

睡不着。

严仲子赠剑……信陵君出征……

曾文清拿烟枪……孔秋萍打开话匣子……

像银幕上的广告片，无色地，暗淡地，断片地，换着。

又想到屈原。

我写出了《屈原》一个剧本，本就是出于江村的要求。他是很想把屈原这位大诗人形象化在舞台上的。

但在舞台上没有看见屈原的他，或许是一种遗憾吧。

是三年前演《棠棣之花》的时候，有一天晚上他在后台怂恿我写《屈原》。

《屈原》是由他的怂恿而写成了，但我的剧本写的太重，于他的性格和体力都不相宜，因而他没有参加演出。

他是另外一种型的诗人。

今晨起来，写好了"剧人江村之墓"——"生于一九一七——殁于一九四四"。

这是依据友人的指示写的，照我自己的观感，倒很想把"剧人"写成"诗人"。

外面冲淡、内面燃烧着的一首诗。暗暗的烧，慢慢的烧，仅仅烧了二十七年，烧完了。

人是成了灰，诗是留着的。

1944年5月25日

今屈原

亚子先生的诗，于严整的规律中寓以纵横的才气，海内殆鲜敌手。字，行楷有魏、晋人风味，草书则脱尽町畦。这是独创一格的草书，不仅前无古人，亦恐后无来者。

这种能纵能控、亦狂亦狷的辩证的统一，似乎就是亚子先生的独特而优越的性格。亚子先生在外表上不大拘形迹，而操持却异常谨严。他的正义感，峻峭到了极端，使他有着"见善如不及，见不善如探汤"的原子弹式的情操。但他信仰孙中山、马克思、列宁，有明敏的博施济众的思想，把他的强烈的感情控制着了。原子弹式地任其发挥的是他的草书，有所控制不作盲目爆炸的便是他的诗。他的草书或许是他的感情的安全瓣，为了有这一安全瓣，怕也帮助了他在控制上的成功。画家尹瘦石曾经以亚子先生为模特儿，画过一张屈原像，这是把对象找得太好了。"佩长剑之陆离"者，是屈原，也是亚子。亚子，今之屈原；屈原，古之亚子也。但今屈原与古亚子毕竟有不同的地方，那似乎就在这感情控制的成功与失败上。屈原的字没有方法看见了；而他的诗，尤其像《离骚》、《天问》，确是原子弹式的诗。那样猛烈的感情无法控制，所以他的生命结果也像原子弹一样爆炸了，虽然也炸毁了一些佞臣和萧艾。

今屈原绝对不会那样任情爆炸的，他的原子能有所控制，控制向了生产方面，诗之多而精，可以寿人寿世。他的诗歌如粟菽，而他的志趣是"使有粟菽如水火"。因此，我更希望他的诗歌多多产生，而且更要平易近人，使人民大众能够接受，亦如水，亦如火。有所控制的原子能，能够像水一样普及，像火一样容易到手，那于人民大众是多么大的福利呵。或许有人要担心，成为了洪水或燎原的大火怎么办？如有要担心的那样的人存在，也就是洪水大火有时是必要的证明。

1945 年 10 月 20 日夜

螃蟹的憔悴
——纪念邢桐华君

邢君桐华，寂寞地在桂林长逝了。他的能力相当强，可惜却死得这么快。

我和他认识是在抗战前两年，是在敌国的首都东京。

那时候有一批朋友，在东京组织一个文会团体，想出杂志，曾经出过八期。前三期叫《杂文》，因受日警禁止，后五期便改名为《质文》。桐华君便是这个团体里面的中坚分子。

他在早稻田大学俄国文学系肄业。杂志里面凡有关苏联文学的介绍，大抵是他出任的。

为催稿子，他到我的住处来过好几次，我还向他请教过俄文的发音。有一次他谈到想继续翻译托尔斯泰的《战争与和平》，我曾尽力的怂恿他，把我所有关于这一方面的资料都送给他去了。但他还未曾着手，却为了杂志的事，被日本警察抓去关了几天，结果是遣送回国了。

不久卢沟桥事变发生，我私自逃回了上海，曾经接到过桐华由南京的来信。

又不久知道他进干训团去受军训去了，和着一大批由日本回来的同学。

前年春节，我到武昌参加政治部工作，想到俄文方面需要工作人员便把他调到第三厅服务。我们武昌重见，算是相别一年了。他在离去日本的时候，曾经吐过血。中经折磨，又受军训，显然是把他的症疾促进了。

自武汉搬迁以后，集中桂林，桂林行营成立，政治部将分出一部分人员留桂工作。我们当时也就顾虑到桐华的病体，把他留下了。因为他的憔悴是与时俱进，断不能再经受由桂而黔再蜀的长途远道的跋涉了。

留在桂林，希望他能够得到一些静养，但也于他无补，他终于是把一切都留在桂林了。

桐华的个人生活和他的家庭状况，我都不甚清楚：因为我和他接近的机会，究竟比较少。

但我知道他是极端崇拜鲁迅的。

他的像貌颇奇特。头发多而有拳曲态，在头上蓬簇着，面部广平而黄黑，假如年龄容许他的腮下生得一簇络腮胡来，一定可以称为马克思的中国版。

还是在日本的时候，记得他有一次独自到千叶的乡下来访我，是才满五岁的鸿儿去应的门。鸿儿转来告诉我说："螃蟹先生来了。"他把两只小手叉在耳旁，形容其面部的横广。

我们大家都笑了。

但是这螃蟹的形象,在憔悴而且寂化了的桐华,是另外包含了一种意义了。

——倔强到底,全身都是骨头。

1940 年 5 月 17 日晨

一支真正的钢笔
——在邹韬奋先生追悼会上的讲演辞

韬奋先生,你是我们中国人民的一位好儿子,我们中国青年的一位好兄长,中国新文化的一位好工程师。你的一生,为了人民的解放,为了青年的领导,为了文化的建设,尤其在抗日战争发动以来,为了争取反法西斯战争的胜利,你是很慷慨地、很热诚地用尽了你最后的一滴血。在目前我们大家最需要你的时候,而你离开了我们,这在我们是一个多么大的损失呀!这是一个无可补救的损失呀!(泣声和掌声)

韬奋先生,在你自己,怕应该是没有什么遗憾的吧。你把你自己慷慨地奉献了给人民,而你自己已经成为了一个很庄严的完整的艺术品,在你自己怕应该是没有什么遗憾的吧!(鼓掌)要说有什么遗憾,那一定是在目前反法西斯战争已经接近胜利的期间,而你没有可能亲眼看见中国人民的得到解放,中国青年的无拘无束的成长,反而在弥留的时候,你所接触的是中原失利的消息,湖南失利的消息。(大鼓掌)这怕是使你含着滚热的眼泪,一直把眼睛闭不下的吧!这在我们，作为你的朋友的我们，尤其是长远的一个哀痛！是我们的努力不够，没有把胜利早一天争取得来，反而在全世界四处都是胜利的声浪中，而我们有日蹙国百里的形势，增加了你临死时的哀痛。我们在今天在这儿追悼着你，至少我自己是深深地感觉着犯了很大的罪过的！但是，韬奋先生！你是真的离开了我们吗？你是真的放下了武器倒下去了吗？没有的，永远没有的。你并没有离开我们，你还活着。你还活在我们每一个人的心里，每一个青年的心里，千千万万的人民大众的心里。你是活着的，永远活着的，从中国的历史上，从我们人民的心目中，谁能够把邹韬奋的存在灭掉呢？（鼓掌）你的武器，你的最犀利的武器，也交代在我们手里来了。我们每一个人的身上差不多都有你的武器，这就是这么一支笔！你仗靠着这支笔！为人民的解放，为反法西斯的胜利战斗了来，我们也应该仗着这支笔，为人民的解放，为反法西斯的胜利战斗起去。（大鼓掌）这是一枝不折不扣的名实相符的钢笔，有了这支笔存在的地方便是民主存在的地方，没有这支笔存在的地方便是法西斯存在的地方。（鼓掌）像德国、日本那样法西斯国家，它们的笔是没有了，是变了质，变成了刷把。（鼓掌）替统治者刷糨糊，（鼓掌）刷粉墙，（鼓掌）刷断头台，（鼓掌）刷枪筒，（鼓掌）甚至刷马桶。（鼓掌）这样的刷把，迟早是要和法西斯一道，拿来抛进茅坑里去的。（鼓掌不息）

我们中国幸而还有这一支笔，这是你韬奋先生替我们保持了下来,我们应该要永远的保持下去。在目前反法西斯战争接近胜利的时候,笔杆的使用是要愈见代替枪杆的地位了。枪杆只能消灭法西斯的武力,要笔杆才能消灭法西斯的生命力。邹韬奋先生,你的一生用你的血来做了这支笔的墨,我们要继续不断地把我们的血来灌进去。邹韬奋先生,你的一生把你的脑细胞来做了这支笔的笔尖,我们要继续不断地把我们的脑袋子安上去。(鼓掌)我们要纪念你,韬奋先生,我们定要永远地保卫这支笔杆,我们不让法西斯再有抬头的一天,不让人类的文化再有倒流的一天。这也怕就是,你通过你的笔所遗留给我们的遗嘱。(鼓掌历久不息)

1944年10月1日

此稿发表时,编者曾注以会场宣读时听众的反应情形。留下颇有意义,故未删去。

断线风筝
——纪念于立忱女士

碧落何来五色禽,长空万里任浮沉。
只因半缕轻丝系,辜负乘风一片心。

这是立忱《咏风筝》的一首七绝。

去年十二月十六日,达夫要离开东京的前夜,日本笔会招待他,并请我作陪。在席散后,我把达夫拉到涩谷的立忱寓里去,她当晚把这首诗写给了我们看。

我觉得诗还不错,达夫也说好。

我当时有点感触,也就胡乱地和了她一首。立忱立即拿出一张斗方来要我写,我也就写了给她。

我的和诗是:

横空欲纵又遭禽,挂角高瓴月影沉。
安得恒娥宫里去,碧海晴天话素心。

但我把题目改为了《断线风筝》。

立忱连说:"格调真高,格调真高。"

达夫没有说什么。我自己却明白地知道,不外是打油而已。

达夫当晚也为立忱写了一张斗方,但他没有和,只写了一首旧作,有"巴山夜雨"之句,全辞不能记忆了。

我回千叶的时候,他们送我到涩谷驿。步行的途中也把轻丝断线一类的话头来作过笑谑。

在涩谷驿前一家快要闭店的饮食店里,达夫一个人还喝了两合日本酒。我和立忱喝着红茶陪他。

我一个人回到乡下的寓居时,已经是一点过钟了。

是没有月的夜,"娥理容"星悬在正中。

立忱死后已十日,很想写点文字来纪念她,什么也写不出。只她的《咏风筝》和我的《断线风筝》总执拗地在脑子里萦回。

    1937年6月1日,园子里的大山朴,
      又开了第一朵白花的清晨。